*Contes de Noël
brésiliens*

Contes de Noël brésiliens
par
Moacyr Scliar * João Ubaldo Ribeiro
Lygia Fagundes Telles
Carlos Drummond de Andrade
Rubem Fonseca * Luis Fernando Veríssimo
Machado de Assis * Antonio Callado
Antônio Torres * Carlos Nascimento Silva
Paulo Coelho * Naum Alves de Souza
Nelida Piñon * Carlos Sussekind
Eric Nepomuceno * Dalton Trevisan

Contes de Noël brésiliens

*Traduits du portugais (Brésil)
par Jacques Thiériot*

Albin Michel

Titre original :

CONTOS PARA UM NATAL BRASILEIRO

© Les auteurs, publié par Relume Dumará, Rio de Janeiro

voir sources page 175

Traduction française :

© Éditions Albin Michel S.A., 1997
22, rue Huyghens, 75014 Paris

ISBN 2-226-09512-8

*La nuit où les hôtels
affichaient « complet »*

Moacyr Scliar

Le couple arriva en ville tard dans la soirée. Au terme d'un voyage fatigant. Elle, enceinte, ne se sentait pas bien. Ils se mirent à chercher un endroit où passer la nuit. Hôtel, auberge, tout leur était bon, pourvu que ce ne soit pas trop cher.

Pas facile, ils allaient bien vite s'en rendre compte. Au premier hôtel, le gérant, un homme malgracieux, leur dit tout de suite qu'il n'y avait pas de place. Au deuxième, le réceptionniste dévisagea avec méfiance le couple et décida de demander leurs papiers. L'homme dit qu'il ne les avait pas sur lui ; dans la précipitation du voyage il les avait oubliés.

— Et comment prétendez-vous obtenir une chambre dans un hôtel si vous n'avez pas de papiers ? dit l'employé. Je ne sais même pas si vous allez payer ou non la note !

La nuit où les hôtels affichaient « complet »

Le voyageur ne dit rien. Il prit sa femme par le bras et ils continuèrent à chercher. Au troisième hôtel, il n'y avait pas de place non plus. Le quatrième, qui était plutôt une modeste auberge, avait des chambres libres, mais le propriétaire se défia du couple et prit le parti de dire que son établissement était complet. Toutefois, pour ne pas paraître désagréable, il crut bon de donner une excuse :

– Vous savez, si le gouvernement nous accordait des aides, comme il le fait pour les grands hôtels, j'aurais déjà rénové l'installation. Je pourrais même recevoir des délégations étrangères. Mais, à ce jour, je n'ai encore rien reçu. Si je connaissais quelqu'un d'influent... Vous ne connaissez personne dans les hautes sphères ?

Le voyageur hésita, puis dit que oui, peut-être qu'il connaissait quelqu'un dans les hautes sphères.

– Eh bien, reprit le propriétaire, parlez de mon auberge à cette personne que vous connaissez. Comme ça, la prochaine fois que vous viendrez, je pourrai peut-être vous donner une chambre de première catégorie, avec salle de bains et tout.

Le voyageur remercia, il regrettait mais son problème était vraiment pressant : il avait besoin d'une chambre pour cette nuit même. Le couple continua son chemin.

À l'hôtel suivant, ils crurent avoir réussi. Le gérant attendait un couple d'artistes connus, qui voyageaient incognito. Quand les voyageurs se présentèrent, il crut que c'étaient les hôtes qu'il attendait et il dit que oui, la chambre était prête. Et il se fendit même d'un compliment :
– Excellent, votre déguisement.
– Quel déguisement ? demanda le voyageur.
– Ces vieilles nippes que vous portez, répondit le gérant.
– Ce n'est pas un déguisement, dit l'homme, ce sont nos vêtements.
Alors le gérant comprit son erreur :
– Je regrette beaucoup, s'excusa-t-il, j'ai cru que j'avais une chambre libre, mais il semble qu'elle est déjà occupée.
Le couple repartit. L'hôtel suivant affichait également complet, mais le gérant aimait plaisanter :
– Près d'ici, il y a une étable, dit-il, pourquoi ne pas y loger ?
Ce ne serait pas très confortable, mais en compensation il ne leur ferait pas payer la nuitée. À sa grande surprise, le voyageur trouva que c'était une bonne idée et le remercia. Et le couple alla s'installer.
Peu de temps après apparurent les trois Rois

La nuit où les hôtels affichaient « complet »

mages, à la recherche d'un couple d'étrangers. Et c'est alors que le gérant commença à comprendre qu'il avait peut-être perdu les hôtes les plus importants jamais venus à Bethléem.

Jingobell, jingobell
(*Une histoire de Noël*)

João Ubaldo Ribeiro

$\mathcal{Q}$uestion Noël, nous pouvons dire que, ici, nous en avons de toutes sortes, c'est selon. Nous en avons déjà eu beaucoup d'autres, mais Noël est une fête que c'est pas tout le monde qui en réunit les conditions, et d'ailleurs, à vrai dire, quasiment personne ici. Jocélio Grande-gueule, que ce qu'il cause on l'écrit pas, dit que dans la maison où il travaille, on sert toujours des fruits secs, un vin fortifiant, on tue un dindon et quelques noisettes (même si ici on a jamais vu voler un noisot, encore moins une noisette, puisqu'on sait que la femelle de cet animal volant a plus de mal à voler que le mâle, parce qu'elle a plus à faire), on cueille des feuilles embaumeuses qu'on accroche aux impostes des portes, mais faut voir tout ça de ses propres yeux que cette terre sous nos pieds va manger, vu qu'on connaît, et comment ! ces menteries de m'sieu Jocé-

Jingobell, jingobell

lio Grande-gueule, je vous dis sa moins grosse, il a été raconter que le Portugais son patron lui avait montré la photo d'un crabe et que ledit crabe était plus grand qu'une assiette creuse et ou bien ce Portugais avait un Kodak comac ou bien ce crabe de Grande-gueule s'est farci beaucoup trop de Calorimax avec de l'Ovomaltine quand il était petit, je vous en dirai pas plus. J'ajoute que l'autre jour, il s'est trouvé que Penelouque, qui travaille dans le pétrole et dispose de moyens pour acheter tous les volatiles bons à manger, surtout les fines races, a servi cailles, perdrix, faisans, tinamous, pintades, dindons, sans parler de la poule populaire que nous tous ici on en élève pas mal et ici en fait ça n'a jamais été une rareté, canards, oies, tout ce que vous pouvez imaginer de volatiles il a servi. Mais, naturellement, nous n'avons pas dans cette grande collection le moindre noisot ou noisette. Penelouque suit la tradition des pétroleux, il est un peu zinzin et aime bien se payer la tête des gens, c'est pourquoi il me répand toute cette chiée de plats sous les cajoutiers, où il a fait installer une flopée de tables qui va comme d'ici jusqu'où vous voulez plus ou moins, et on sait que vont se pointer la plupart des bâfreurs de l'île que Penelouque invite exprès, vu qu'il est normal pour un pétroleux de pas cacher sa richesse et d'avoir plaisir à inviter, par exemple Jocélio Grande-gueule en personne. Bref, Penelouque reçoit le joyeux anniversaire que lui souhaite Grande-gueule et la savonnette bien emballée dans des rubans-cadeau que sa femme, celle de Grande-gueule, l'avait obligé d'apporter et lui, Grande-gueule, bien emmerdé, qui tripatouille le paquet et alors Penelouque dit comme ça, en tendant les bras des canards aux dindons, tout ça en prenant la pose : Grande-gueule, tu peux me montrer dans le tas où est le noisot ? Et voilà Grande-gueule bien ébaubi, à se tortiller, gesticuler, il a fini par mettre le doigt sur une caille rôtie, mais sans savoir répondre juste, du coup il s'est fait méchamment siffler, parce qu'il avait pas su reconnaître le noisot qui entre parenthèses et bien sûr n'était pas là, mais il aurait dû le dire et pas mettre le doigt sur une caille.

Faut dire la vérité, après que Penelouque a été transféré à Catu, les gens ont eu du mal à se régaler même d'une poule, alors les autres beaux volatiles, je vous en parle pas. Et maintenant je me rappelle, c'était pas Noël, c'était son anniversaire, Noël il le passait à Bahia et ensuite ses gosses revenaient chargés de patins à roulettes et de cordes à sauter, et c'était dans toute l'île à qui leur lécherait le mieux

Jingobell, jingobell

les bottes. Comme ça si on réfléchit bien, et si on laisse tomber ces fameux Noëls que raconte m'sieu Jocélio Grande-gueule, des histoires à dormir debout, et ces hâbleries de crabes portugais, finalement on doit se dire de temps en temps que justement en fait ici on observe guère Noël, au jour d'aujourd'hui. Qu'en plus y a bien du changement depuis que la télévision est arrivée. Aujourd'hui les gens sans exception passent leur temps devant les fenêtres des vacanciers, à regarder le programme que la télévision présente à cette époque, qui réunit tous les artistes en train de chanter, et croyez-moi dans le tas c'est pas les folles qui manquent, y a même des types à ce qu'on a entendu raconter qui prennent de drôles de poses, moi je vous en dirai pas plus. Une personne elle passe dans la rue et ce qu'elle voit c'est une alignée de croupions qui rebiquent, les coudes vissés aux fenêtres des autres et je vous parle pas des petites noiraudes quand apparaît un artiste qu'elles raffolent. Les hommes d'ici ils valent pas tripette, ceux qui valent tripette, ça oui, c'est ces artistes. Et, 'fectivement, la personne peut ne pas être partisane de la grossièreté et de l'ignorance, mais moi je donne raison à Âme-de-jument, que pas plus tard qu'hier j'ai vu passer dans la rue des Canards, à profiter d'une accalmie, déjà un rien éméché et pas mal remonté, et c'est juste à ce moment-là que le diable est venu le tenter. Âme-de-jument vous savez, il a une vie difficile, il habite avec sa belle-mère, deux sœurs de ladite belle-mère, la mère de sa belle-mère, sa femme et six filles, j'ajoute que la mère de sa belle-mère est gaga et de temps en temps elle flanque Âme-de-jument à la porte de chez lui et pas un saint serait capable de la convaincre de le laisser rentrer, et vlà pourquoi moi je suis d'avis que c'est pour toutes ces raisons et bien d'autres qu'il a l'habitude d'être toujours moitié ronchon et de guère apprécier une conversation. À ce moment-là donc, il m'arrive furibard, à se dire qu'ajourd'hui possible que la vioque pique une nouvelle crise, et vlà cette gamine de feu Nevílio, une qui passe sa vie les fesses à l'air, à se frotter contre les Blancs, la vlà qui se pointe telle quelle tout près d'Âme-de-jument et lui agite sous le nez une photo de revue. Regardez-moi ça, m'sieu Leonardo, Leonardo c'est son vrai nom et il admet qu'on l'appelle Âme-de-jument que seulement dans son dos, vous trouvez pas que Tony Ramos il est chou comme tout ? Âme s'est arrêté, là... il est resté, comme ça... puis il a fait comme s'il ravançait, mais non, il s'est de nouveau arrêté, il s'est empoigné balloches et balayette à pleine

Jingobell, jingobell

main en les pointant vers la fille, il les a secouées secouées et il a dit : Tiens, le vlà ton tonirramo, petite pétasse ! Sauf que çui-là c'est pas sur la tête qu'il a des cheveux, c'est au pied, espèce de pouffiasse ! Regarde, le vlà ton tonirramo, radasse ! Sale garce ! Regarde ton tonirramo, malheureuse ! Et il s'est mis à faire des sauts de cabri qui accompagnaient chaque petite secousse, c'est vous dire comme il était tourneboulé.

Donc Noël ici, c'est tout ça, c'est la télévision, c'est Âme-de-jument qui secoue ses roubignoles et ainsi va la vie, surtout quand il pleut des cordes, pasque quand les gens sortent en claquant leurs galoches au milieu des flaques à ce moment-là, des fois les gens pensent qu'ici y a rien, seulement nous, à faire claquer nos galoches. Vicente Intégriste à une époque donnait le Pépé Indien, attendez, je vous esplique, il donnait une fête avec un vieux habillé en Indien, c'est-à-dire avec des plumes, et il disait que c'était pour apprendre à la jeunesse à pas croire au Père Noël, que c'était une chose étrangère, mais au Pépé Indien. Alors, il remplissait sa maison de jaques, de mangues, de corossols, il admettait aucune de ces choses que les bonnes maisons autrefois avaient à Noël, et il installait là le Pépé Indien, généralement c'était Raimundo de

João Ubaldo Ribeiro

Lasinha qui avait fait le plein de gnôle et qui remettait des cadeaux aux enfants. Mais c'est un truc qui a guère duré, pasque faut le savoir, les cadeaux c'étaient des marques merdiques que les gosses se dépêchaient de jeter et aussi des livres avec des drapeaux, récitations de poésies et politique à revendre et personne était là pour se taper des jaques, boire du jus de canne et supporter l'haleine de sarigue de Raimundo avec ces plumes de dindon par-dessus son paquet, tout ça pour recevoir des babioles en galalithe, et même des sifflets qui sifflaient pas, tout le monde s'en rappelle. Autrement dit, si on réfléchit à fond qu'à cette époque c'étaient les vaches grasses, il est bien possible qu'aujourd'hui les gens iraient chez Vicente manger des jaques molles tout contents et reconnaissants. C'est plus que possible.

Et, en plus, y avait la fête des vieux que feu Ioiô Pascoal, qu'aujourd'hui des uns et des autres appellent saint Pascoal de l'Île – ça se peut, ça se peut –, donnait chaque année religieusement le 23, et donc **les vieux** y allaient, dansaient, gambillaient, coquetaient, recevaient cadeaux et boustifaille, ce qui fait que le 24, ils pouvaient passer Noël avec leur famille, s'ils en avaient une, ou leurs amis, vu que Pascoal avait pigé qu'un vieux avec des cadeaux et

Jingobell, jingobell

de la boustifaille se dégote toujours ou une famille ou des amis, il se tuait à le répéter. Dernièrement, il pouvait plus donner sa fête, pour une question de manque de moyens, mais il trouvait toujours une combine quand même. Les gens avant disaient que c'était à cause d'une promesse, mais pas du tout, c'était à cause des grandes blessures d'amour que Ioiô Pascoal avait souffert quand il était jeune. Il était fils d'un Espagnol, proprio d'un beau magasin, une personne respectée, mais sans qualifications question haute société, et vlà-ti-pas qu'il s'est amouraché d'une jeune fille, très belle à l'époque à ce qu'on dit, elle passait et les trams s'arrêtaient pour que les gens l'admirent, sa peau on aurait cru qu'elle brillait tellement elle était blanche et Ioiô Pascoal était encore plus entiché quand elle faisait la mijaurée et il rentrait chez lui et s'enfermait, il braillait, il pleurait et il écrivait des kilos et des kilos de papier qu'il a jamais montrés à personne, et donc je disais, euh… – je trouve ce passage bien triste –, je disais que le père de la jeune fille en question, le jour où Pascoal a déclaré son amour et qu'elle, après force pleurs et cris, a laissé parler son cœur à son tour, le père a embarqué sa fifille dans un grand voyage en paquebot en Europe et là-bas elle s'est mariée avec un duc ou sinon un prince et elle a

João Ubaldo Ribeiro

envoyé à Pascoal une carte postale parfumée avec une phrase en français, cette carte postale à ce qu'on raconte Pascoal l'a lue et ensuite il a plongé dans la plus grande tristesse qu'on peut imaginer, au point qu'il a manqué être hospitalisé, toute sa famille a eu peur que ce soit la tuberculose ou la perte de la jugeote, qui avait toujours été c'est vrai son point faible, et finalement jusqu'à sa mort jamais plus il a pu regarder cette carte postale sans passer minimum trois jours sans parler avec personne et à écrire des kilos et encore des kilos de papier et de papier. Cette passion, il l'a gardée toute sa vie, il vivait dans une grande maison, il sortait qu'en costume-cravate et il lisait et écrivait sans arrêt et il traitait tout le monde avec beaucoup de gentillesse, mais admettait pas qu'on rentre dans son intimité.

La fête des vieux, les anciens disent qu'elle a commencé suite à une histoire qui s'est passée ici dans l'île, avec aussi des familles riches qui un jour l'ont plus été, cette histoire a eu lieu entre Noélio le jardinier du séminaire et dona Cristina Emília. C'est une chose pas mal compliquée, mais faut dire que la famille du père de Noélio, qui avait beaucoup de biens, y compris du matériel de pêche à la baleine, du temps de la pêche à la baleine, était

Jingobell, jingobell

déjà dans la déconfiture quand Noélio était petit et la famille de dona Cristina Emília était ennemie de la sienne et résultat, quand dona Cristina Emília était gamine, la famille de Noélio avait déjà tout perdu mais grâce à la charité d'un curé et parce qu'il avait pas fait des études, il a fini jardinier du séminaire, anciennement la Plantation des Bons Pères. Et, du coup, le béguin qu'y a eu entre eux a dû forcément s'achever et dona Cristina Emília, ou bien elle allait au couvent de la Lapa ou bien elle se mariait avec un des nombreux jeunes gens de bonne famille que son père mettait à sa disposition, et, du coup, elle s'est mariée mais elle s'est jamais fait une raison, et Noélio non plus, mais la vie passe et plus tard, elle s'est retrouvée veuve, elle est revenue habiter dans l'île, elle avait pas la vie facile pasque feu son mari avait tout dépensé, chaque jour elle passait devant le portail du jardin du séminaire en faisant semblant qu'elle voyait rien et Noélio, qui savait l'heure où elle passait, l'attendait, lui aussi bien sûr mine de rien, et alors elle s'attardait un petit moment à regarder les fleurs, lui il faisait semblant d'arranger les plantes, elle semblant de trouver belles les plantes et ils restaient comme ça un petit bout de temps et puis elle s'en allait, et jamais jamais ils se disaient un mot, et ça des années et des années durant, chaque jour que fait le bon Dieu.

Quand Ioiô Pascoal – qu'est-ce que je raconte ? –, quand saint Pascoal de l'Île a décidé de donner ces fêtes de Noël pour les vieux, dona Cristina Emília et Noélio étaient déjà bien avancés en âge mais pétants de santé et, voyez-moi comment sont les choses de la vie, à cette époque, même que Noélio avait un meilleur tran-tran, une petite maison tout à côté du portail du séminaire arrangée soin-soin et on peut dire confortable. Elle non, parce que sa nièce et le mari de sa nièce habitaient chez elle et avaient loué toutes les chambres aux vacanciers, toutes, et du coup elle se retrouve sur le derrière, de la maison bien sûr, dans une petite chambrette, un lit de camp, une petite niche et des murs qui chaque hiver laissent passer la flotte. Je voulais dire elle s'est retrouvée, eh oui, c'est du passé, pasqu'elle vient juste de mourir, et comme par hasard en compagnie de Noélio et c'est là, à mon avis, toute la beauté de l'histoire. La beauté de l'histoire c'est que quand même feu Ioiô Pascoal, même si à ce moment-là il avait plus les avantages qu'il avait à sa naissance, et ça parce qu'il passait tout son temps enterré dans sa maison à faire qu'écrire des kilos et des kilos de papier, et quand il avait besoin d'argent

Jingobell, jingobell

il vendait n'importe quoi qu'il avait hérité de sa famille et n'importe qui qui lui demandait de l'argent il lui donnait, quand même feu Ioiô Pascoal il avait encore de quoi pas mal pouvoir, ce qui fait que, au cours d'une conversation avec Noélio qui était venu chez lui pour un petit boulot sur des jasmins tordus et des lis rouges qui menaçaient de crever, sûrement qu'il avait fini par jeter les yeux sur la carte postale avec la phrase française et ces deux-là sont restés, à ce qu'on dit, des heures et des heures, chacun à raconter à l'autre les douleurs de l'amour et chacun à consoler l'autre, et soupirs que je te soupire et lamentations à vous fendre le cœur et, résultat, Noélio avait pas fait son petit boulot ce jour-là, mais s'était sifflé pas mal de bières avec saint Pascoal de l'Île et échangé accolade sur accolade. C'est là-dessus que le saint a décidé l'idée de la fête, qui à partir de cette année-là a eu lieu tous les 23 décembre et les vieux de l'île de se mettre sur leur trente et un et de danser qu'on aurait dit des ouistitis, fallait le voir pour le croire. Ces fêtes y avait des vieux ici qui passaient l'année entière à en parler, et si jamais ils auraient su qu'elle allait pas avoir lieu, ils se seraient dépêchés de mourir en janvier, faute d'avoir de quoi parler, c'est ce qui se passe pour les vieilles personnes. Elles se retrouvent

João Ubaldo Ribeiro

sans avoir de quoi parler, sans avoir de quoi parler, et alors elles sèchent et crac ! elles cassent leur pipe.

Pour cette première fois, Ioiô Pascoal a donné un costume neuf à Noélio, entre parenthèses celui avec lequel il a été enterré par la suite, et il a invité dona Cristina Emília, que sa fierté empêchait d'aller à la fête, il a été en personne faire une visite à sa famille. Y avait tout ce qu'il fallait, des girandoles, des banderoles et un ensemble d'orchestre, sûrement que ça allait plaire à tout le monde, mais la fête c'était la fête des vieux. On en a vu des qui piquaient des crises de dévergondage en pleine fête, se mettaient à pincer les vieilles, imaginez le chahut, mais résultat y a jamais eu de problème. Ce jour-là, après bien des allées et venues, Ioiô Pascoal a invité dona Cristina Emília à danser et, au milieu des valses et des chansons, il l'a coincée dans les bras de Noélio et ces deux-là ont rien pu faire, tellement Ioiô avait été expéditif. Cette danse, mes amis, ceux qui y ont assisté disent que ces deux-là ressemblaient à deux oiseaux, d'un seul tour de valse ils ont traversé la salle. Ils ont dansé dansé, et puis ils sont passés dans la véranda du fond qui donne sur un recoin et là que je te bécote, que je te pétris, une chose qu'on ne peut raconter que si par hasard

Jingobell, jingobell

on l'a vue. Et quand la fête a été finie, le sourire de Noélio allait de l'église à la fontaine, tout pareil celui de Ioiô Pascoal, et dona Cristina Emília donnait le bras à Noélio, toute rouge, et y a eu des salves d'applaudissements et le reste. Je sais qu'après cette fête Noélio a plus jamais effacé son sourire, et en un tournemain ces deux-là étaient mariés, Ioiô Pascoal a été leur parrain et ils ont habité la maisonnette jaune à côté du portail du séminaire, à se faire les yeux doux sans arrêt, à se balader main dans la main et à échanger chaque jour des petits cadeaux, exemple un fruit ou une image pieuse, et à s'occuper des plantes, si heureux que lorsqu'ils sont morts, ils sont morts subitement une nuit et on les a trouvés bien serrés l'un contre l'autre, on aurait dit mélangés, beaux comme tout, et tous les deux qui souriaient et en souriant ils ont quitté le port de ce monde.

Question fortes histoires d'amour arrivées dans les fêtes de Ioiô Pascoal, celle-là a pas été la seule, et même y a pu y avoir des béguins entre vieux qu'étaient mariés et des vieilles mariées itou, bien entendu il s'en est passé des choses, mais le lendemain la plupart des vieux oubliaient et ne recommençaient à s'agiter et fricoter qu'à la fête de l'année suivante. En tout cas, c'est cette histoire, naturellement, qui donnait le plus de contentement à Ioiô Pascoal et la dernière fête qu'il a donnée ç'a été justement vingt-cinq ans après que Noélio et dona Cristina Emília ont repiqué aux amours que le père de la fille avait pas permises quand elle était jeune. Lui, il était déjà croulant, l'avait du mal à arquer et plus rien à vendre, il lui restait que deux loyers à toucher et, pourtant, quand c'était la morte saison et qu'y avait pas d'argent dans l'île, il les réclamait pas, mais il a décidé de donner quand même une grande fête, parce que la date valait le coup. Et, de fait, avec un portrait réuni de Noélio et dona Cristina Emília accroché au-dessus de la porte de la salle, un beau portrait qu'Almerindo avait colorié à l'aquarelle et qui était leurs deux figures bien jointes, et Almerindo en plus avait peinturluré autour des rubans artistiques sur le mur, la fête a été une des meilleures qu'on n'a jamais donné ici, avec les Brasilians Boys Jaze-Band venus de Bahia et une animation endiablée. Le lendemain, Ioiô Pascoal s'est pas réveillé, il était monté au Ciel. Des tas de gens disent l'avoir vu monter au Ciel, en passant comme une petite fumée bleue au milieu des herbes folles de la tour de l'église et depuis cette date, l'année dernière, il a fait des miracles et il a déjà à sa botte des tas de dévots

Jingobell, jingobell

dans cette île. Le même jour qu'il est monté au Ciel, le gars des Brasilians Boys Jaze-Band a radiné le matin et a dit qu'il avait pas été payé pour la fête et il a manqué se faire casser la gueule par les bigots et, depuis, jamais plus les Brasilians Boys ont mis les pieds ici.

Aujourd'hui, d'ailleurs, cette pluie juste le 23, comme l'année dernière, alors qu'on sait qu'à Noël le soleil tape fort et qu'on peut pas se balader pieds nus à midi sinon vot' peau des pieds part en morceaux, cette pluie montre bien que les gens ont raison et Ioiô Pascoal est aujourd'hui pour de bon un saint miraculeux de Noël. Je sais pas si les autres jours il fait des miracles, mais dites-moi c'est encore un saint de la dernière pluie, sûrement qu'il a encore beaucoup de choses à apprendre chapitre sainteté. Mais qu'il en fait à Noël, ça personne le discute. L'année dernière, les vieux ont fait dire une messe le 23, en son honneur, plus ou moins à l'heure de la fête, et il a plu pareil qu'aujourd'hui. Une pluie mais une pluie que ça pleuvait cordes sur cordes. C'était vraiment bien triste, cette pluie qu'arrêtait pas de pisser, personne dans les rues, les gouttières dans l'église et les vieux obligés d'attendre un petit mieux pour pouvoir sortir. Ils ont attendu attendu et finalement, vers les onze heures

João Ubaldo Ribeiro

du soir les vieux se sont risqués dehors, certains avec des parents plus jeunes et avec des dévots du saint, sous une pluie encore battante et alors, une fois arrivés tout près du camion de la Coopérative qui stationnait là, prévu pour que le lendemain les gens puissent faire leur petit marché, qu'on a pas ici, c'est le gouvernement qui envoie ce camion pour plumer les gens, du vol organisé on est bien d'accord, vlà un éclair qui dégringole avec un grand coup de tonnerre, éclaire tout et la pluie s'arrête, plus une goutte qui tombe. Résultat, tout le populo est resté abasourdi par ce coup de tonnerre et la clarté, les uns voulaient détaler, les autres se signaient, mais ho ! vlà-ti-pas qu'on voit les portes arrière du camion de la Coopé s'ouvrir lentement, lentement, et se balancer au vent. Quelqu'un, je vous dirai pas qui, a raconté qu'à ce moment-là on a entendu un éclat de rire, tout craché les rires que Ioiô Pascoal se prenait au moment de la fête, mais en vérité ni les vieux ni personne ils avaient besoin d'entendre un éclat de rire, le miracle était déjà fait et fort bien fait. Le lendemain, quand les employés de la Coopé sont venus ouvrir le camion, y avait plus rien à l'intérieur et la fête a duré jusqu'après le nouvel an dans les maisons de beaucoup de ces

Jingobell, jingobell

vieux et aussi des dévots, à quasiment croire que saint Pascoal de l'Île était encore vivant.

Et donc c'est tout vu, la pluie qui tombe tous ces jours-ci c'est sûrement l'annonce que le miracle va se répéter, tout le monde en mettrait sa main au feu. La messe anniversaire de Ioiô Pascoal aujourd'hui va faire salle comble et tout est déjà organisé : premiers à entrer dans le camion, les vieux, chacun avec son petit cabas. Ensuite, les autres, vu qu'il faut respecter les volontés du saint, la fête depuis toujours c'est pour les vieux et les vieux passent les premiers. Il paraît que c't' année la Coopé va prendre des mesures et mettre des gardiens pour surveiller le camion, pasque le lendemain eux autres avaient fait une drôle de gueule en voyant le tableau. Mais nous on a déjà tout goupillé et si quelqu'un va vouloir empêcher le miracle, nous on va donner un coup de main au saint et des tas de gens ont déjà préparé des triques et des trucs du même acabit, au cas où le saint aurait besoin d'une aide au moment d'ouvrir les portes du camion et de faire entrer les vieux. Surtout maintenant que déjà il a dû se taper le boulot de mitonner toute cette pluie à une époque où il pleut pas pour permettre à ses vieux de faire la fête. Grande-gueule est partant, Âme-de-jument de

João Ubaldo Ribeiro

même, il dit que c'est seulement pour accompagner sa carne de belle-mère, mais je sais que lui aussi va se prendre son petit cabas, lui aussi est enfant de Dieu. Chacun a le Noël qu'il peut et les pauvres vont pas cracher sur un Noël qui a un sacré bon saint qui bosse pour eux. Et le Noël de l'année dernière a été vraiment susucculent, même que Grande-gueule a dit qu'il avait mangé un morceau de noisot authentique mais qu'il allait pas en faire tout un plat. C'est tout petit tout petit et moi je croyais qu'avec un nom pareil c'était vachement grand, il a dit Grande-gueule.

Noël en barque

Lygia Fagundes Telles

Il n'est pas question pour moi de vouloir ou de devoir rappeler ici pourquoi je me trouvais dans cette barque. Tout ce que je sais, c'est qu'alentour tout était silence et ténèbres. Et que je me sentais bien dans cette solitude. Dans l'embarcation, plutôt inconfortable, rudimentaire, seulement quatre passagers. Une lanterne nous éclairait de sa lumière tremblotante : un vieillard, une femme avec son enfant et moi.

Le vieillard, un soûlard en haillons, couché de tout son long sur le banc, avait adressé des paroles aimables à un voisin invisible et maintenant il dormait. La femme était assise entre nous, serrant dans ses bras l'enfant emmailloté dans des bouts de tissu. C'était une femme jeune et pâle. La longue mante qui lui couvrait la tête lui donnait l'aspect d'une figure antique.

Noël en barque

Je pensai lui parler dès que je montai dans la barque. Mais la fin du voyage approchait et jusqu'à cet instant pas le moindre mot ne m'était venu à l'esprit. Comment du reste mettre au diapason cette barque si élémentaire, si dénuée d'artifices, et la futilité d'un dialogue. Nous étions seuls. Et donc mieux valait ne rien faire, ne rien dire, se contenter de regarder le sillage noir que l'embarcation creusait dans le fleuve.

Je me penchai sur la rambarde en bois vermoulu. J'allumai une cigarette. Nous étions là, quatre êtres silencieux comme des morts dans une nef ancienne de morts glissant dans le noir. Pourtant, nous étions vivants. Et c'était Noël.

La boîte d'allumettes m'échappa des mains et manqua glisser dans le fleuve. Je m'accroupis pour la rattraper. Je sentis alors quelques gouttes sur mon visage et je me penchai un peu plus, et finis par plonger le bout des doigts dans l'eau.

– Comme elle est glacée, m'étonnai-je en m'essuyant la main.

– Mais le matin elle est chaude.

Je me tournai vers la femme qui berçait l'enfant et m'observait avec un léger sourire. Je m'assis sur le banc à côté d'elle. Elle avait des yeux clairs, extraordinairement brillants. Je vis que ses vête-

ments élimés avaient beaucoup d'allure, empreints d'une certaine dignité.
– Le matin, ce fleuve est chaud, insista-t-elle.
– Chaud ?
– Chaud et vert, si vert que la première fois que j'y ai lavé un vêtement, j'ai cru qu'il allait verdir. C'est la première fois que vous venez dans cette région ?

Je tournai le regard vers le plancher en mauvais état. Et je répondis par une autre question :
– Mais vous, vous habitez près d'ici ?
– À Lucena. J'ai déjà pris cette barque je ne sais combien de fois, mais je ne m'attendais pas à ce que justement aujourd'hui...

L'enfant s'agita en pleurnichant. La femme le serra plus fort contre sa poitrine. Elle lui couvrit la tête avec son châle et se mit à le bercer avec un doux mouvement de chaise à bascule. Ses mains se détachaient comme exaltées sur le châle noir, mais son visage était paisible.
– C'est votre fils ?
– Oui. Il est malade, je vais chez un spécialiste. Le pharmacien de Lucena a pensé que je devais consulter un médecin aujourd'hui même. Hier encore il était bien, mais tout à coup la fièvre l'a pris, il a juste de la fièvre... – Elle leva la tête avec

Noël en barque

énergie. Le menton aigu était altier, mais le regard avait une expression douce. – Je sais seulement que Dieu ne va pas m'abandonner.

– C'est le benjamin ?

– C'est mon seul enfant. Le premier est mort l'an dernier. Il est monté sur un mur, il jouait au magicien quand tout à coup il a prévenu : « Je vais voler ! » La chute n'était pas grave, le mur était peu élevé, mais il est mal tombé... Il avait un peu plus de quatre ans.

Je lançai ma cigarette en direction du fleuve, mais le mégot heurta la rambarde et rebondit, roula encore allumé sur le plancher. Je l'atteignis du bout de ma chaussure et l'écrasai lentement. Il fallait changer de sujet, revenir à cet enfant qui était là, malade certes. Mais vivant.

– Et lui, quel âge a-t-il ?

– Il va avoir un an. – Et, sur un autre ton, penchant la tête sur l'épaule : – C'était un petit garçon si gentil, si joyeux. Il avait une véritable manie des tours de magie. Bien sûr il ne savait pas en réussir un seul. Sauf son dernier tour qui a été parfait : je vais voler ! il a dit en ouvrant les bras. Et il s'est envolé.

Je me levai. Je voulais rester seule, cette nuit-là, sans souvenirs, sans pitié. Mais les liens, les fameux

liens humains, déjà menaçaient de m'enchaîner. J'avais réussi à les éviter jusqu'à cet instant et maintenant je n'avais plus la force de les rompre.
– Votre mari vous attend ?
– Mon mari m'a quittée.
Je me rassis et me vint une envie de rire. C'était incroyable, pourquoi cette folie d'avoir posé la première question et à présent je ne pouvais plus m'arrêter.
– Il y a longtemps qu'il est parti ?
– Environ six mois. Si vous saviez comme nous vivions bien, mais vraiment bien. Quand il a retrouvé par hasard cette ancienne amie, il m'en a parlé, il a même plaisanté, Duca a enlaidi, de nous deux c'est moi qui finalement suis resté le plus beau. Et il n'est plus revenu sur le sujet. Un matin, il s'est levé comme tous les matins, il a pris son petit déjeuner, a lu le journal, a joué avec le petit et il est parti travailler. Avant de sortir, il m'a fait un signe, j'étais dans la cuisine en train de laver la vaisselle et il m'a fait signe à travers le treillis de la porte, je me rappelle même que j'ai voulu ouvrir la porte, je déteste voir quelqu'un me parler à travers ce grillage, mais j'avais les mains mouillées. J'ai reçu la lettre l'après-midi, il m'avait fait passer une lettre. J'ai été habiter avec ma mère une maison

Noël en barque

que nous avons louée tout près de l'école. Je suis institutrice.

Je m'absorbai dans les nuages tourmentés qui couraient dans la même direction que le fleuve. Incroyable. Elle relatait ses malheurs successifs avec un calme total, sur le ton de qui rapporte des faits sans y avoir réellement participé. Comme si ne suffisait pas la pauvreté qui perçait sous les rapiéçages de ses vêtements, elle avait perdu un enfant, son mari et de surcroît planait une ombre sur ce bébé qu'elle berçait dans ses bras. Et elle était là, sans la moindre révolte, confiante. Intouchable. Apathie ? Non, une femme apathique n'aurait pas des yeux aussi vifs, ni ces mains énergiques. Inconscience ? Une obscure irritation me fit rire.

– Vous êtes résignée.

– J'ai la foi, madame. Dieu ne m'a jamais abandonnée.

– Dieu, répétai-je vaguement.

– Vous ne croyez pas en Dieu ?

– Bien sûr, murmurai-je.

Et en entendant le son faible de mon affirmation, sans savoir pourquoi, je restai déconcertée. Maintenant je comprenais. Là était le secret de cette confiance, de ce calme, c'était la foi même qui ébranle les montagnes.

Elle fit passer l'enfant de l'épaule droite à l'épaule gauche. Et elle attaqua, d'une voix brûlante de passion :

– Cela s'est passé juste après la mort de mon premier enfant. Une nuit, je me suis réveillée tellement angoissée que je suis sortie dans la rue, j'ai enfilé un manteau et je suis sortie pieds nus, en pleurant comme une folle, en l'appelant à grands cris… Je me suis assise sur un banc du jardin où chaque après-midi il allait jouer. Et je me suis mise à demander, demander de toutes mes forces, que lui, qui aimait tellement la magie, il fasse un tour de magie, qu'il m'apparaisse juste une fois encore, il n'avait pas besoin de rester, il suffisait qu'il se montre juste un instant, une fois encore, une dernière fois ! Quand mes larmes se sont taries, j'ai appuyé la tête sur le dossier du banc et je ne sais pas comment j'ai dormi. Alors j'ai rêvé et dans mon rêve Dieu m'est apparu, c'est-à-dire, j'ai senti qu'il prenait ma main dans Sa main de lumière. Et j'ai vu mon enfant qui jouait avec l'Enfant Jésus dans le jardin du Paradis. Dès qu'il m'a vue, il s'est arrêté de jouer et en souriant il est venu à ma rencontre et il m'a embrassée, embrassée… Il était si gai que je me suis réveillée en souriant moi aussi, en plein soleil.

Noël en barque

Je restai sans savoir quoi dire. J'ébauchai d'abord un geste, simplement pour faire quelque chose, je soulevai la pointe du châle qui couvrait la tête de l'enfant. Je laissai retomber le châle et me mis à fixer le plancher. L'enfant était mort. Je croisai les doigts pour réprimer le tremblement qui me secouait. Il était mort. Sa mère continuait de le bercer, en le serrant contre sa poitrine. Mais il était mort.

Je me penchai sur la rambarde de la barque, j'avais du mal à respirer : c'était comme si j'étais plongée jusqu'au cou dans cette eau. Je sentis que derrière moi la femme s'agitait.

– Nous arrivons, annonça-t-elle.

Je me dépêchai de saisir mon sac. À présent l'important était de partir, de fuir avant qu'elle ne découvre l'irréparable. Car c'était par trop terrible, je ne voulais pas voir. La barque ralentit, décrivit une grande courbe avant d'accoster. Le batelier apparut et secoua le vieux qui dormait.

– On est arrivés ! Eh ! On est arrivés !

Je m'approchai d'elle, mais en évitant de la regarder.

– Mieux vaut nous dire au revoir ici, dis-je maladroitement, en lui tendant la main.

Apparemment elle ne remarqua pas mon geste.

Elle se leva et ébaucha un mouvement comme si elle allait saisir son sac. Je l'aidai, mais au lieu de prendre le sac que je lui tendais, elle écarta le châle qui couvrait la tête de son fils.

– Il s'est réveillé, ce gros dormeur. Regardez, maintenant sa fièvre doit être tombée.

– Il s'est réveillé ?!

– Voyez…

Je me penchai. L'enfant avait ouvert les yeux – ces yeux que j'avais vus fermés à tout jamais. Et il bâillait, se frottant la joue de nouveau rose avec sa menotte. Je regardai, sans pouvoir dire un mot.

– Eh bien, bon Noël, dit-elle en enfilant son sac à son bras.

Je la dévisageai. Sous le châle noir, aux pointes croisées et tirées en arrière, son visage resplendissait. Elle me serra la main vigoureusement. Et je la suivis du regard jusqu'à ce qu'elle disparaisse dans la nuit.

Conduit par le batelier, le vieux passa devant moi, en reprenant son dialogue affectueux avec un voisin imaginaire. Je quittai la barque la dernière. À deux reprises, je me retournai pour voir encore le fleuve. Et je pus imaginer comment il serait tôt le matin : vert et chaud. Vert et chaud.

Sacré Noël !

Carlos Drummond de Andrade

– Ce Noël m'a l'air particulièrement dangereux, conclut João Brandão en voyant deux policiers militaires empoigner par les bras et le fond de culotte un Père Noël balèse, qui tentait de fuir, et l'emmener à la va comme je te pousse au commissariat. Si même le Père Noël est considéré comme un hors-la-loi, à quoi serons-nous réduits ?

Là-dessus on lui expliqua que c'était un petit vieux bidon, qui méprisait son costume respectable. Au lieu d'offrir des cadeaux, il les piquait dans les magasins où la foule s'écrase et où les vendeurs, débordés par la clientèle, ne peuvent être attentifs à de telles manœuvres. Il avait été pris en flagrant délit en train de faire main basse sur un transistor, et il allait devoir quitter sa défroque.

– De toute façon, ce Noël est terrifiant, ajouta Brandão sur un ton sentencieux, car si les voleurs

Sacré Noël !

se déguisent en Père Noël, quelle garantie aurons-nous face à un évêque, un amiral, un astronaute ? Vrai ou faux, allez savoir ! Finie la confiance en son prochain.

À telle enseigne que c'est précisément ce que recommande le journal : « À cette époque de Noël, mieux vaut toujours se méfier. » Peut-être de l'Enfant Jésus lui-même, qui, s'il est grandeur nature, pourra dissimuler en son innocence céramique je ne sais quel mécanisme perfide, prêt à subtiliser ton portefeuille ou ta bague, au moment où tu te pencheras sur la crèche pour faire la bise au divin Enfant.

Le gérant d'un magasin de jouets se plaignit à João que le commerce ne marchait pas, moins par manque d'argent que par crainte des aigrefins et des larrons. Alertés par la presse, les gens prudents préfèrent ne pas s'exposer à deux éventualités : soit être volés, soit être pris pour des **klepto**manes, car le vendeur a pour règle de se méfier de l'acheteur : si celui-ci, par exemple, porte déjà un paquet, il faut redoubler de vigilance. Simple supposition : le paquet a un faux fond destiné à receler des objets à portée d'une main preste.

Le filou est la délicatesse en personne, nous avertit la police. En foi de quoi nous devons nous méfier de tout inconnu qui se montre courtois ; s'il pousse jusqu'au raffinement son amabilité, mieux vaut appeler la police et ensuite vérifier, au commissariat, s'il s'agit d'un ambassadeur à la retraite, de l'époque d'Ataulfo de Paiva et dona Laurinda Santos Lobo, ou d'un vulgaire fripon.

Que c'est triste de devoir se méfier de l'appétissante jeune fille qui souhaite essayer une robe, l'essaie et part avec sans la payer, laissant en échange la vieille, et encore, pas toujours ! Il s'ensuit, nous informe un détective, que nous voilà contaminés par un soupçon se portant a priori sur toutes les jeunes filles agréables de Rio de Janeiro. Noël sur le qui-vive, qui nous enseigne le désamour.

Ce n'est pas tout. N'acceptez pas l'offre du type assis dans l'autobus qui prétend garder vos paquets sur ses genoux. Si quelqu'un porte des bottes, Père Noël ou non, faites gaffe ! C'est la cachette des objets fauchés. Votre portefeuille, mon cher monsieur, doit être fixé par une épingle de nourrice dans la poche la plus intime de votre veste et si, même ainsi prémuni, vous vous sentez menacé par un voisin au regard suspect, fermez la poche avec du velcro et ceignez-vous d'une fine toile métallique électrifiée. Enterrer son argent au fond du jardin n'avance à rien, d'abord parce qu'il n'y a pas de

Sacré Noël !

jardin, et s'il y en a un, postés sur les terrasses des immeubles alentour, des voleurs implacables, équipés de jumelles souriraient de cette ruse dérisoire.

Voilà donc les conseils qu'on nous prodigue pour Noël, afin que nous le passions sans déboires. Franchement, il serait préférable de supprimer la Nativité et, avec elle, les spécialistes du brigandage de Noël. Ou bien, c'est une idée de João Brandão, toujours inventif : la commémorer à des époques incertaines, sans prévenir, dans le plus grand silence, par petits groupes de parents, amis, amoureux et amants, unis dans la paix et la confiance de Dieu.

L'autre

Rubem Fonseca

J'arrivais tous les jours à mon bureau à huit heures et demie du matin. La voiture s'arrêtait en face de l'immeuble, j'en sortais rapidement, faisais dix ou quinze pas et entrais.

Comme tout cadre, je passais les matinées à donner des coups de téléphone, lire des mémorandums, dicter des lettres à ma secrétaire et à me colleter avec des problèmes exaspérants. Quand arrivait l'heure du déjeuner, j'avais travaillé durement. Mais j'avais toujours l'impression de n'avoir rien fait d'utile.

Je déjeunais en une heure, parfois une heure et demie, dans un des restaurants des alentours et je retournais à mon bureau. Certains jours, je parlais plus de cinquante fois au téléphone. Le courrier était si abondant que je laissais à ma secrétaire ou à l'un de mes collaborateurs le soin de signer cer-

L'autre

taines lettres. Et toujours, la journée terminée, j'avais l'impression de ne pas avoir fait tout ce qui aurait dû être fait. Je courais contre le temps. Quand il y avait un jour férié, en milieu de semaine, j'étais furieux, car pour moi c'était du temps de travail perdu. Tous les soirs, je rapportais des dossiers chez moi, chez moi je pouvais mieux produire, j'échappais aux coups de téléphone.

Un jour, j'ai eu un violent accès de tachycardie. À cet égard, je dois dire que ce même jour, au moment où j'arrivais au bureau, un type avait surgi à mes côtés, sur le trottoir, un type qui m'avait suivi jusqu'à la porte en disant : « Monsieur, monsieur, vous ne pourriez pas m'aider ? » Je lui avais donné quelques pièces et j'étais entré. Peu après, alors que je téléphonais à São Paulo, mon cœur s'est emballé. Durant quelques minutes il a battu sur un rythme violent. En proie à une sensation d'épuisement j'ai dû me coucher sur le canapé, jusqu'à ce que ça passe. La tête me tournait, j'étais en nage, j'ai failli m'évanouir.

L'après-midi, je suis allé chez le cardiologue. Il a procédé à un examen minutieux, m'a soumis à un électrocardiogramme et finalement m'a dit que je devais maigrir et changer de vie. J'ai souri, comment faire ? Alors il m'a recommandé de m'arrêter de travailler un certain temps, mais j'ai dit que ce n'était pas possible non plus. Finalement il m'a prescrit un régime alimentaire et conseillé de marcher au moins deux fois par jour.

Le lendemain, à l'heure du déjeuner, je m'apprêtais à faire la promenade conseillée par le médecin quand le même type que la veille m'a arrêté pour me demander de l'argent. C'était un homme blanc, costaud, aux longs cheveux châtains. Je lui en ai donné un peu et j'ai continué mon chemin.

Le médecin m'avait dit, très franchement, que si je ne prenais pas de précautions, je risquais un infarctus à tout moment. J'ai pris deux tranquillisants, ce jour-là, mais ce ne fut pas suffisant pour alléger ma tension. Le soir, je n'ai pas rapporté de travail à la maison. Mais le temps ne passait pas. J'ai essayé de lire un livre, mais mon attention était ailleurs, au bureau. J'ai branché la télévision, je ne l'ai pas supportée plus de dix minutes. Au retour de ma promenade, après le dîner, je me suis mis à lire les journaux, mais je me sentais de nouveau fébrile, irrité.

À l'heure du déjeuner, le même type m'a abordé et a quémandé de l'argent. « C'est tous les jours, maintenant ? » je lui ai demandé. « Monsieur, a-t-il

L'autre

répondu, ma mère est mourante, elle a besoin de médicaments, mais je ne connais personne de bon en ce monde, à part vous. » Je lui ai donné cent cruzeiros.

Quelques jours ont passé sans qu'il apparaisse. Un jour, à l'heure du déjeuner, alors que je faisais ma promenade, il a surgi soudain devant moi. « Monsieur, ma mère est morte. » Au lieu de m'arrêter, j'ai pressé le pas. « Mes condoléances », lui ai-je répondu. Il a allongé le pas pour rester à mes côtés et il a dit : « Elle est morte. » J'ai essayé de le distancer et j'ai accéléré l'allure, je courais presque. Mais lui aussi s'est mis à courir, en répétant : « Elle est morte, elle est morte, elle est morte », les bras tendus en avant, en un violent effort, comme si on allait déposer le cercueil de sa mère sur ses paumes. Finalement, je me suis arrêté, hors d'haleine, et j'ai demandé : « Combien ? » Pour cinq mille cruzeiros il enterrait sa mère. Je ne sais pourquoi, j'ai sorti un carnet de chèques de ma poche et là, debout en pleine rue, j'ai signé un chèque de ce montant. Mes mains tremblaient. « Maintenant, ça suffit ! » ai-je dit.

Le lendemain, je ne suis pas sorti me promener. J'ai déjeuné au bureau. La journée a été terrible, rien ne marchait correctement : papiers qu'on ne retrouvait pas dans les archives, un très gros marché perdu pour un écart minime, une erreur dans le projet de budget qui a exigé de nouveaux calculs complexes à effectuer de toute urgence. Le soir, même avec des somnifères, j'ai eu du mal à m'endormir.

Le lendemain, au bureau, les choses d'une certaine façon s'étaient un peu améliorées. À midi, je suis sorti pour ma promenade.

J'ai vu que le type qui me demandait de l'argent était debout au coin de la rue, visiblement il me guettait, il attendait que je passe. J'ai fait demi-tour. Peu après j'ai entendu un claquement de talons sur le trottoir, comme si quelqu'un courait à mes trousses. J'ai pressé le pas, des pincements au cœur, c'était comme si j'étais poursuivi par quelqu'un, en proie à un sentiment enfantin de peur contre lequel j'ai essayé de lutter, mais c'est alors que le type est arrivé à ma hauteur et m'a lancé : « Monsieur, monsieur ! » Sans m'arrêter, j'ai demandé : « Quoi encore ? » Toujours à mes côtés, il a dit : « Monsieur, vous devez m'aider, je n'ai personne au monde. » J'ai répliqué avec toute l'autorité que je pouvais mettre dans ma voix : « Trouvez-vous un emploi ! » Il a répondu : « Je ne sais rien faire, vous devez m'aider. » Nous courions de conserve dans la

L'autre

rue. J'avais l'impression que les gens nous regardaient et nous trouvaient bizarres. « Je n'ai aucune raison de vous aider », lui ai-je asséné. « Mais si, sinon vous ne savez pas ce qui peut arriver ! » et il m'a serré le bras et regardé, et pour la première fois j'ai bien observé comment était son visage, cynique et vindicatif. Mon cœur battait à tout rompre, sous l'effet de l'énervement et de la fatigue. « C'est la dernière fois », ai-je murmuré en m'arrêtant et en lui donnant je ne sais combien.

Mais ça n'a pas été la dernière fois. Tous les jours, il surgissait, à l'improviste, suppliant et menaçant, marchant à mes côtés, ruinant ma santé, disant c'est la dernière fois monsieur, mais ça n'en finissait jamais. Ma tension est encore montée, mon cœur explosait rien que de penser à ce type. Je ne voulais plus le voir, était-ce ma faute s'il était pauvre ?

J'ai décidé d'arrêter de travailler un certain temps. J'ai parlé à mes collègues de la direction, ils ont été d'accord pour que je m'absente pendant deux mois.

La première semaine a été difficile. Ce n'est pas simple de s'arrêter brusquement de travailler. Je me suis senti perdu, sans savoir quoi faire. Mais, petit à petit, je me suis habitué. J'ai retrouvé mon appétit. J'ai commencé à mieux dormir et à fumer moins. Je regardais la télévision, lisais, faisais une sieste et marchais deux fois plus qu'avant, je me sentais en pleine forme. Je devenais un homme tranquille et pensais sérieusement à changer de vie, à m'arrêter de trop travailler.

Un jour, je suis sorti pour ma promenade habituelle quand mon quémandeur a refait surface inopinément. Diable, comment avait-il découvert mon adresse ? « Monsieur, ne m'abandonnez pas ! » Sa voix exprimait le chagrin et le ressentiment. « Je n'ai que vous au monde, ne me maltraitez plus, j'ai besoin d'un peu d'argent, c'est la dernière fois, je le jure ! » – et il s'est collé à moi quand je me suis remis à marcher et je pouvais sentir son haleine aigre et putride de crève-la-faim. Il était plus grand que moi, bâti en force et menaçant.

Je me suis dirigé vers ma maison, lui toujours à mes côtés, à me dévisager fixement, à m'épier d'un regard inquisiteur, méfiant, implacable. Arrivé à la porte, j'ai dit : « Attendez-moi ici. »

J'ai fermé la porte, je suis allé à ma chambre. Je suis revenu, j'ai ouvert la porte et lui en me voyant m'a dit : « Ne faites pas ça, monsieur, je n'ai que vous au monde ! » A-t-il ajouté quelque chose, je n'ai pas entendu, à cause de la détonation. Il est tombé et alors j'ai vu que c'était un gamin malingre,

L'autre

avec des boutons sur le visage et d'une pâleur telle que même le sang qui ruisselait sur ses joues n'arrivait pas à la cacher.

White Christmas

Luis Fernando Veríssimo

Il arriva que, la nuit de ce 24 décembre, il se mit à neiger au Brésil. Ce ne fut pas un phénomène isolé, une anomalie régionale, un miracle restreint. Il neigea dans tout le Brésil, de l'Oyapock au Chuí. D'ailleurs, tant dans l'Oyapock que le Chuí, il gela.

À la fin de l'après-midi se produisit un brusque changement national de température. Ensuite le ciel se couvrit de nuages lourds et noirs. Quelqu'un qui savait ce qu'était la neige, étant allé dans le vieux monde, annonça :
— Il va neiger.
Ce qui ne manqua pas de susciter incrédulité et stupeur… Il faut dire que c'était à Manaus.

White Christmas

Donc il neigea à Manaus, il neigea dans toute l'Amazonie. Les arbres de la forêt furent couverts de neige. La forêt amazonienne se mit à ressembler à une forêt de sapins d'Allemagne. Et le Nord-Est se changea en Canada.

À São Paulo, on accueillit la neige avec une certaine froideur. Quelqu'un se permit tout de même de dire « enfin ! » voulant signifier par là que pour accéder au statut de ville américaine, il ne manquait à São Paulo que le climat, et que maintenant il l'avait. Le souhait, à force, avait façonné la géographie. Mais dans le reste du pays, surtout dans les zones où l'on ne connaît pas le Bobby Short, à la stupéfaction succéda l'euphorie juvénile. À Rio, tout le monde sortit dans la rue, même sans les vêtements appropriés. Des groupes populaires célébrèrent un carnaval dans les rues tandis que sur les terrasses on improvisait des fêtes avec cognac, *fondue* et couvertures pour deux. Tout à coup, la décoration et les petites lumières se marièrent avec le paysage. Il n'était pas encore minuit et déjà s'organisait un concours de bonshommes de neige sur la plage.

Luis Fernando Veríssimo

Curitiba était la seule ville du Brésil qui avait un dispositif d'urgence au cas où il neigerait en été. Mais dans l'émotion générale, on l'oublia.

Dans le Rio Grande do Sul on se félicitait du potentiel touristique de la neige, juste au moment où arriva la nouvelle qu'il neigeait davantage au Maranhão. Bizarrement, la neige s'arrêtait de tomber à la frontière avec l'Argentine et l'Uruguay. Au-delà régnait la canicule de Noël. Le miracle ne concernait ni les Argentins ni les Uruguayens. Le miracle était exclusivement brésilien. Nous rêvions d'un Noël blanc, avec Bing Crosby, plus intensément que tous les autres.

Stupéfaction, euphorie juvénile. Ensuite la peur. Les églises se remplirent de gens alarmés. Quelle était la signification de ce phénomène ? Ce n'était pas un coup de marketing, donc ce ne pouvait être qu'un message de Dieu. Quel était le message ? Et le chaos régna.

White Christmas

Accidents sur les routes glissantes. Tumulte dans les aéroports fermés par les tempêtes de neige. Une fois passée l'allégresse des premiers flocons, les Brésiliens comprirent que ce Noël blanc était un fléau. Et le coût social ?

Bing Crosby n'avait pas besoin de calculer le coût social. Ici, à l'aube du 25, le coût social était évident. Même parmi ceux qui avaient une climatisation chez eux, la conversion sur le chaud n'avait pas toujours été faite à temps. Ceux qui n'avaient pas de toit ne passèrent pas la minuit. Sans parler des dommages occasionnés par la neige à la faune, à la flore et à l'agriculture. Le paysage était superbe, mais cela ne compensait pas le coût social.

Ou bien le compensait-il ? Tous comptes faits, après la neige – et les inondations provoquées par le rapide dégel, car le 26 l'été reprit ses droits – n'avait survécu dans le pays qu'une population préparée à la neige à tout moment. Que les véritables vocations pour des Noëls blancs. La blancheur de la neige, outre le beau contraste qu'elle formait avec les lumières colorées, était également une métaphore de la purification. Le Brésil avait été épuré. Le sol même, ravagé par le froid inhabituel et les ruissellements, était une métaphore du recommencement. S'il devait neiger l'année suivante, il neigerait sur un autre pays, moins peuplé, mais de gens d'un autre niveau, y compris calorique.

Messe de minuit

Machado de Assis

Je n'ai jamais pu comprendre la conversation que j'ai eue avec une dame, il y a bien longtemps, j'avais dix-sept ans et elle, trente. C'était la nuit de Noël. Ayant décidé avec un voisin d'assister à la messe de minuit, je préférai ne pas dormir et je lui proposai d'aller le réveiller un peu avant l'heure.

La maison où j'étais hébergé appartenait au greffier Meneses, qui avait été marié, une première fois, avec une de mes cousines. Sa seconde femme, Conceição, et la mère de celle-ci m'avaient réservé le meilleur accueil quand j'étais arrivé à Rio de Janeiro, venant de Mangaratiba, quelques mois auparavant, pour me préparer à entrer à l'université. Je vivais tranquille dans cette maison toute parquetée de la rue du Sénat, avec mes livres, de rares relations, quelques promenades. La famille était peu nombreuse, le greffier, sa femme, sa belle-mère

Messe de minuit

et deux esclaves. Mœurs anciennes. À dix heures du soir, tout le monde était dans sa chambre, à dix heures et demie la maison dormait. Je n'étais jamais allé au théâtre et, à maintes reprises, ayant entendu Meneses dire qu'il allait au théâtre, je lui demandai de m'y emmener. À chaque fois, la belle-mère faisait une grimace et les esclaves riaient sous cape ; lui ne répondait pas, s'habillait, sortait et ne revenait que le lendemain matin. C'est plus tard que j'appris que le théâtre était un euphémisme. Meneses avait une liaison avec une dame, séparée de son mari, et découchait une fois par semaine. Conceição avait souffert, au début, de l'existence de cette concubine mais, finalement, s'était résignée, habituée, et avait fini par trouver que c'était tout à fait normal.

Brave Conceição ! On l'appelait « la sainte » et elle méritait ce titre, tant elle supportait facilement les manquements de son mari. À vrai dire, c'était un tempérament modéré, sans extrêmes, ni gros sanglots, ni grands rires. Sur ce chapitre que j'aborde, elle avait tout d'une mahométane : elle aurait accepté un harem, du moment que les apparences étaient sauves. Dieu me pardonne si je la juge mal. Tout en elle était atténué et passif. Son visage même était moyen, ni beau ni laid. Elle était ce que nous appelons une personne sympathique.

Elle ne disait du mal de personne, elle pardonnait tout. Elle ne savait pas haïr ; qui sait, peut-être ne savait-elle pas aimer.

Cette nuit de Noël que j'évoque, le greffier alla au théâtre. C'était en 1861 ou 1862. J'aurais dû être à Mangaratiba, en vacances ; mais j'étais resté jusqu'à Noël pour assister à la « messe de minuit à la Cour ». La famille se retira à l'heure habituelle, je m'installai dans le salon, déjà habillé pour sortir par le couloir de l'entrée, sans réveiller personne.

– Mais, monsieur Nogueira, qu'allez-vous faire en attendant ? m'avait demandé la mère de Conceição.

– Je vais lire, dona Inácia.

J'avais pris avec moi un roman, *Les Trois Mousquetaires*, une vieille traduction parue, je crois, dans le *Jornal do Comércio*. Je m'assis à la table disposée au milieu du salon et, à la lumière d'une lampe à pétrole, tandis que la maison dormait, j'enfourchai une fois de plus le cheval maigre de d'Artagnan et partis pour l'aventure. Je fus en peu de temps complètement enivré par Dumas. Les minutes volaient, contrairement à ce qu'elles font d'ordinaire quand elles marquent l'attente ; j'entendis sonner onze heures, sans y prêter une attention particulière, j'étais ailleurs. Sur ces entrefaites, un

Messe de minuit

bruit léger vint m'arracher à ma lecture. C'étaient des pas dans le corridor reliant le salon à la salle à manger. Je levai la tête et aussitôt je vis apparaître à la porte la silhouette de Conceição.

– Vous n'êtes pas encore parti ? demanda-t-elle.
– Non. Je crois qu'il n'est pas encore minuit.
– Quelle patience !

Conceição entra dans le salon, en traînant ses petites pantoufles. Elle portait une robe de chambre blanche, dont la ceinture était à peine serrée. Sa maigreur lui conférait un semblant d'allure romantique qui ne jurait pas avec mon livre d'aventures. Je fermai le livre et elle alla s'asseoir sur le fauteuil placé en face de moi, à côté du canapé. Comme je lui demandais si je l'avais réveillée, sans le vouloir, en faisant du bruit, elle répondit très vite :

– Mais non, voyons ! Je me suis réveillée toute seule.

Je la regardai un instant et doutai qu'elle fût sincère. Elle n'avait pas les yeux d'une personne qui venait de dormir, apparemment ils n'avaient pas encore plongé dans le sommeil. Cette observation, toutefois, qui aurait pu s'enraciner dans un autre esprit, je me dépêchai de l'écarter, sans percevoir que peut-être elle ne dormait pas à cause de moi, et mentait pour ne pas m'inquiéter ou me causer du souci. J'ai déjà dit qu'elle était bonne, très bonne.

— Je pense que ce sera bientôt l'heure, murmurai-je.

— J'admire votre patience, attendre éveillé tandis que le voisin dort ! Et attendre tout seul ! Vous n'avez pas peur des âmes de l'au-delà ? J'ai cru remarquer que vous aviez sursauté quand vous m'avez vue.

— Quand j'ai entendu des pas, j'ai eu un instant d'inquiétude, mais vous êtes aussitôt apparue.

— Qu'est-ce que vous lisez ? Ne répondez pas, je sais, c'est le roman des *Mousquetaires*.

— Vous avez deviné, c'est très beau.

— Vous aimez les romans ?

— Beaucoup.

— Vous avez déjà lu la *Moreninha* ?

— Du Dr Macedo ? Je l'ai, à Mangaratiba.

— J'aime beaucoup les romans, mais je lis peu, par manque de temps. Quels romans avez-vous déjà lus ?

Je commençai à lui citer quelques titres. Conceição m'écoutait, la tête appuyée contre le dossier du fauteuil, ses paupières à demi fermées laissaient filtrer son regard, fixé sur moi. De temps à autre, elle se passait la langue sur les lèvres, pour les humecter.

Messe de minuit

Quand j'eus fini de parler, elle ne dit rien et nous restâmes ainsi quelques instants. Puis, je la vis redresser la tête, croiser les doigts et y poser le menton, les coudes appuyés sur les bras du fauteuil, sans à aucun moment dévier de moi ses grands yeux malicieux.

« Je l'ennuie peut-être », pensai-je.

Et à voix haute :

– Dona Conceição, je crois que l'heure approche et je…

– Non, non, il est tôt encore. Je viens de voir l'horloge, il est onze heures et demie. Il y a le temps. Dites-moi, quand vous passez une nuit blanche, vous êtes capable de ne pas dormir le jour suivant ?

– Cela m'est arrivé.

– Moi pas. Après une nuit sans sommeil, le lendemain je ne peux pas rester éveillée et, dès que je le peux, je m'endors. Et puis vous savez, je deviens vieille.

– Vieille, dona Conceição ?!

C'est peut-être la chaleur de ma réponse qui la fit sourire. D'ordinaire, elle avait des gestes alanguis et des attitudes tranquilles ; or, tout à coup, elle se mit debout vivement, passa de l'autre côté du salon et fit quelques pas, entre la fenêtre de la rue et la porte du bureau de son mari. Ainsi, avec ce négligé honnête qu'elle laissait voir, elle me faisait une impression singulière. Quoique maigre, elle avait je ne sais quel ondoiement dans sa façon de marcher, comme quelqu'un qui fait effort pour soulever son corps du sol ; jamais cette particularité ne m'apparut aussi évidente que ce soir-là. Elle s'arrêtait parfois pour examiner un pan de rideau ou changer la place d'un objet sur la console ; finalement elle s'arrêta devant moi, avec la table entre nous. Si restreint était le cercle de ses idées qu'elle réitéra son étonnement de me voir attendre éveillé ; je lui répétai ce qu'elle savait, c'est-à-dire que je n'avais jamais assisté à la messe de minuit à la Cour et que je ne voulais pas la manquer.

– C'est la même messe qu'à la campagne, toutes les messes se ressemblent.

– Je veux bien le croire, mais ici il doit y avoir davantage de luxe. Vous savez bien que la semaine sainte à la Cour est plus belle qu'à la campagne et je ne parle pas de la fête de la Saint-Jean ni de celle de Saint-Antoine.

Peu à peu, elle s'était penchée en avant ; elle avait posé les coudes sur le marbre de la table et calé son visage entre ses mains. Les manches de sa robe de chambre n'étaient pas boutonnées et comme elles flottaient, je pus voir ses avant-bras, très clairs, et

Messe de minuit

moins maigres qu'on n'aurait pu supposer. Cette vision n'était pas nouvelle pour moi, encore qu'inhabituelle ; mais à ce moment-là elle me fit forte impression. Les veines étaient si bleues que, malgré le peu de lumière, d'où j'étais je pouvais les compter. La présence de Conceição me tenait en éveil bien plus que le roman que je lisais. Je continuai à dire ce que je pensais des fêtes à la campagne et à la ville ainsi que d'autres choses qui me venaient aux lèvres. Je parlais en choisissant avec soin les sujets, sans savoir pourquoi, en les variant ou en reprenant les mêmes, et je riais pour la faire sourire et voir ses dents, bien alignées, qui luisaient tant elles étaient blanches. Ses yeux n'étaient pas tout à fait noirs, mais foncés ; son nez, mince et long, un rien busqué, donnait à son visage un air interrogateur. Quand je levais un peu la voix, elle me reprenait :

– Plus bas ! Maman peut se réveiller.

Elle gardait la même position, dont je me délectais, si proches étaient nos visages. En réalité, il n'était pas nécessaire de parler haut pour être entendu ; nous murmurions l'un et l'autre, moi plus qu'elle car je parlais davantage ; elle, parfois, prenait un air sérieux, très sérieux, le front légèrement plissé. Elle finit par se fatiguer, changea d'attitude et de place. Elle fit le tour de la table et vint s'asseoir à côté de moi sur le canapé. Je tournai les yeux et pus voir, à la dérobée, le bout de ses pantoufles, mais seulement dans le bref instant qu'elle mit à s'asseoir, sa robe de chambre était longue et elle les couvrit aussitôt. Je me rappelle qu'elles étaient noires. Conceição dit à voix basse :

– Maman est loin, mais elle a un sommeil très léger ; si elle se réveillait maintenant, la pauvre, elle aurait du mal à se rendormir.

– À moi aussi cela m'arrive.

– Comment ? demanda-t-elle en se penchant vers moi pour mieux entendre.

J'allai m'asseoir sur le fauteuil placé à côté du canapé et je répétai ma phrase. La coïncidence la fit sourire, elle aussi avait le sommeil léger, nous étions trois sommeils légers.

– Il y a des occasions où je suis comme maman : si je me réveille, j'ai du mal à me rendormir, je me tourne dans le lit, en vain, je me lève, j'allume une bougie, je fais un tour dans la maison, je me recouche et rien à faire pour dormir.

– C'est ce qui vous est arrivé ce soir.

– Non, non, coupa-t-elle.

Je ne compris pas ce non : il pouvait signifier aussi que je ne l'avais pas comprise. Elle saisit les

Messe de minuit

bouts de sa ceinture et en tapota ses genoux, plus exactement le genou droit, car elle venait de croiser les jambes. Puis elle fit allusion à une histoire de rêves et m'affirma que de toute son enfance elle n'avait eu qu'un seul cauchemar. Elle voulut savoir si moi j'en avais. La conversation reprit ainsi, lentement, et se poursuivit, sans que je me soucie ni de l'heure ni de la messe. Quand je finissais un récit ou une explication, elle inventait une autre question ou un autre sujet et je reprenais la parole. De temps à autre elle me prévenait :

– Plus bas, plus bas...

Il y avait aussi des pauses. À deux reprises, j'eus l'impression qu'elle allait s'endormir ; mais ses yeux, fermés un instant, se rouvraient aussitôt, sans trace de sommeil ni de fatigue, comme si elle les avait fermés pour mieux voir. Une fois, je crois qu'elle s'aperçut que j'étais fasciné par sa personne et il me souvient qu'elle les a refermés, rapidement ou lentement, je ne sais plus. Certaines impressions de cette nuit sont restées tronquées ou confuses. Je me contredis, je m'embrouille. L'une des plus fraîches que je garde, c'est qu'à un moment donné cette femme qui m'était tout au plus sympathique est soudain devenue belle, très belle. Elle était debout, les bras croisés ; et moi, par respect pour elle, je voulus me lever, elle n'y consentit pas, posa une main sur mon épaule et m'obligea à rester assis. Je crus qu'elle allait dire quelque chose, mais elle frissonna, comme si elle avait froid, me tourna le dos et alla s'asseoir sur le fauteuil que j'avais occupé pour lire. Puis elle jeta un regard sur le miroir accroché au-dessus du canapé, parla des deux gravures qui l'encadraient.

– Ces tableaux sont défraîchis. J'ai déjà demandé à Chiquinho d'en acheter d'autres.

Chiquinho était le prénom familier de son mari. Les gravures évoquaient le souci principal de cet homme. L'une représentait « Cléopâtre » ; je ne me rappelle pas le sujet de l'autre, mais c'étaient des femmes. Vulgaires toutes deux ; mais à cette époque je ne les avais pas trouvées tellement moches.

– Ce sont de jolis tableaux, dis-je.

– Sans doute, mais ils sont tachés. Et puis franchement, je préférerais deux gravures pieuses, deux saintes. Ces deux-là seraient mieux dans une chambre de jeune homme ou un salon de barbier.

– De barbier ? Vous n'y êtes jamais allée !

– Mais j'imagine que les clients, quand ils attendent leur tour, parlent de femmes et de leurs aventures, et naturellement le propriétaire leur donne le plaisir de voir des figures charmantes. C'est dans

Messe de minuit

une maison de famille, à mon avis, qu'elles ne sont pas à leur place. C'est ce que je pense, mais si vous saviez toutes les choses bizarres auxquelles je pense. En tout cas, je n'aime pas ces tableaux. J'ai une Notre-Dame de l'Immaculée-Conception, ma patronne, très belle ; mais c'est une statue, on ne peut pas l'accrocher au mur, et même je ne voudrais pas. Elle est dans mon oratoire.

Le mot « oratoire » me ramena à la messe, je me souvins de l'heure tardive et je voulus le lui dire. J'ouvris la bouche mais la refermai aussitôt afin d'écouter ce qu'elle racontait, en douceur, avec grâce, et une telle nonchalance que, l'âme gagnée par une sorte de paresse, j'en oubliais la messe et l'église. Elle parlait de ses dévotions de fillette et de jeune fille. Puis relatait des anecdotes de bal, des récits de promenades, des souvenirs de l'île de Paquetá, tout cela pêle-mêle, presque sans interruption. Quand elle fut lasse du passé, elle parla du présent, des tâches domestiques, des soucis de sa famille, bien lourds, lui avait-on dit, avant son mariage. Elle n'en souffla mot, mais je savais qu'elle s'était mariée à vingt-sept ans.

Depuis un moment, elle ne changeait plus de place et conservait la même attitude. Elle n'avait plus ses grands yeux et elle se mit à regarder distraitement les murs.

– Il faudrait changer le papier peint du salon, dit-elle soudain, comme si elle se parlait à elle-même.

J'acquiesçai, pour dire quelque chose, pour sortir de cette espèce de sommeil magnétique qui me paralysait la langue et les sens. Je voulais et ne voulais pas mettre fin à la conversation ; je m'efforçais de détourner d'elle mes yeux, et je les détournais mû par un sentiment de respect ; mais, de crainte qu'elle ne crût à un désintérêt de ma part, alors que j'éprouvais tout le contraire, bien vite je les portais de nouveau sur Conceição. La conversation languissait. Dans la rue, le silence était complet.

Nous restâmes un long moment – je ne saurais dire combien de temps – sans articuler un seul mot. Du bureau vint un léger bruit, le grignotis d'une souris qui me tira de ma somnolence ; je voulus en parler, mais ne sus comment. Conceição semblait plongée dans une profonde rêverie. Soudain, j'entendis cogner à la fenêtre, et une voix qui criait : « Messe de minuit ! Messe de minuit ! »

– C'est votre ami qui arrive, dit-elle en se levant. Voilà qui est amusant, c'est vous qui deviez le réveil-

Messe de minuit

ler et c'est lui qui vient vous rendre ce service ! Allez, c'est sûrement l'heure, à demain.

– C'est déjà l'heure ? demandai-je.

– Naturellement.

– Messe de minuit ! Messe de minuit ! – les cris et les coups reprirent dehors.

– Allez, allez, ne vous faites pas attendre. C'est de ma faute. Bonne nuit, à demain.

Et avec le même ondulement du corps, Conceição gagna le corridor, à pas légers. Je sortis et trouvai le voisin qui m'attendait. Nous partîmes pour l'église. Pendant la messe, l'image de Conceição s'interposa plus d'une fois entre le prêtre et moi ; je suppose que c'est à mettre sur le compte de mes dix-sept ans. Le lendemain, au déjeuner, je parlai de la messe de minuit et des gens qui se trouvaient à l'église, sans raviver la curiosité de Conceição. Durant la journée, je la trouvai comme d'habitude, naturelle, amène, sans rien qui me rappelât la conversation de la veille. Pour le nouvel an, je retournai à Mangaratiba. Quand je revins à Rio de Janeiro, en mars, le greffier était mort d'apoplexie. Conceição habitait à Engenho Novo, mais je ne lui rendis pas visite et plus jamais je ne la revis. J'appris plus tard qu'elle s'était remariée avec le clerc de feu son mari.

Souvenirs de dona Inácia

Antonio Callado

« J'ai le sommeil léger mais en même temps facile », avait l'habitude de dire dona Inácia, qui expliquait ensuite que si elle ouvrait les yeux, étant endormie, au moindre bruit, en revanche, au moment de se coucher, à peine posait-elle la tête sur l'oreiller qu'elle sentait le monde alentour s'estomper, se décomposer comme un daguerréotype mal fixé sur la plaque de cuivre, et se changer en une réalité si incertaine que les chapeaux de toile et futaine des dames dans le parc pouvaient fort bien être un envol de pigeons, que les silhouettes sombres, élongées sur le sol, pouvaient être des pierres ou peut-être des chiens d'arrêt et que la tache blanche qui voletait sur le noir luisant du manguier pouvait tout aussi bien être une fillette qui se balançait, telle la tante folle qui s'était échappée du grenier pour venir perturber le thé de cinq heures.

Souvenirs de dona Inácia

Mais dona Inácia, en cette nuit de Noël, ne parvenait pas, en dépit de son sommeil facile, à faire fondre la réalité et à tendre la main à l'homme en noir, dont elle goûtait vraiment follement la compagnie, eu égard à la rancœur que lui instillaient la caboche et le culot du dénommé Meneses, parti pour les marrons et le vin de Porto en compagnie de sa dulcinée et obligeant Conceição à dormir précisément cette nuit où pas même la Vierge, après l'accouchement, ne dormait, plongée dans la fatigue heureuse mais vigilante d'enfanter le Dieu qui avait choisi son ventre pour entrer, par ce pas, en ce triste monde dont on sort un jour en suivant les pas noirs de l'homme aux chaussures noires à boucles. Conceição était restée, telle une Cendrillon, au pied des cendres froides de l'âtre, sans la moindre possibilité de rencontrer un prince, un Montezuma, car comment pourrait-elle rencontrer le prince, celle qui au bal ne va pas, qui, du reste, ne va pas non plus à la messe de minuit, messe plaisante, durant laquelle rien ne déconseille aux regards énamourés de se croiser, liquides et effervescents, à la lumière des cierges allègres, la maison de Dieu, pour une fois, changée tout de bon en maison, fleurant la lavande et les langes frais repassés ? Comment ?

Antonio Callado

Le père de Conceição était d'un autre tonneau, feu Veiga, qui non seulement l'adorait, elle, Conceição, mais l'emmenait manger des glaces chez Carceler et à des cotillons célèbres comme ceux de la maison de monsieur Rubião, à Botafogo. À vrai dire, au contraire de Conceição, elle n'avait jamais permis que Veiga, tel un brigantin nonchalant, amenât les voiles dans l'anse torride des nuits d'Andaraí, où ils avaient une maison, avec un jardin de roses et un verger de jaquiers. « Tu es la mousson qui enfle les voiles », disait, philosophe, le défunt, au moment où il avait déjà troqué ses bottes vernies contre ses pantoufles de maroquin et, sur ses instances, ils s'habillaient et partaient en coupé pour…

Un claquement de porte arrêta, tel le choc sourd d'une écluse qui se ferme, le fleuve tumultueux des souvenirs d'Inácia. Ah, oui, c'était le blanc-bec, l'hôte, qui lui aussi allait à la messe de minuit.

Certes, il rentrait bien souvent fatigué, son défunt, mais elle se prêtait à tous ses désirs, bien sûr, du moment qu'il prenait d'abord le temps de parler longuement des clientes assommantes qui n'en finissaient pas de choisir parures, broches et bracelets, car Veiga travaillait à la maison Valois, rue de l'Ouvidor, où un jour ce roué de Meneses en personne était apparu, à la recherche d'un pen-

Souvenirs de dona Inácia

dentif de brillants, qui n'était déjà plus destiné à sa première femme, quoiqu'elle fût encore vivante, et pas encore à Conceição, au collège à l'époque. M'sieu Veiga occupait une petite pièce dans la maison Valois, avec sa table, ses petites balances pour peser les pierres précieuses, ses loupes pour déceler les crapauds, « ces péchés des gemmes », comme disait dona Inácia chaque fois qu'elle amenait une amie visiter la joaillerie. M'sieu Veiga avait toujours été le meilleur, le plus sensé et même le plus fidèle des maris, que Dieu l'ait en sa sainte garde, en dépit de certaines remarques qu'il faisait quand il voyait apparaître des femmes qui éveillaient, selon lui, son attention chevronnée d'orfèvre, « des femmes minérales », disait-il transporté, des femmes comme cette condisciple de Conceição, comment donc s'appelait-elle ?

À présent, une autre porte venait de claquer, précisément celle de la chambre de Conceição ou, encore plus précisément, c'était le bruit de cette poignée en verre rouge incrustée de petites marguerites blanches, fixée sur sa plaque par des vis desserrées et qu'il aurait fallu réparer, mais les esclaves, malgré force objurgations, ne le faisaient jamais. Il suffisait… Mais que faisait donc Conceição dans le salon, à point d'heure, tandis que ce freluquet de Nogueira attendait, sur son trente et un, qu'on vienne le chercher pour la messe de minuit, dans cette maison où déjà toutes les femmes auraient dû dormir ou, sinon, mains jointes, prier devant la crèche défraîchie qui servait depuis des années et où l'Enfant Jésus, pouvait-on dire sans blasphémer, avait déjà un air vieillot ? Ah, à la bonne heure, ils parlent de livres. Toute la Cour à la messe de minuit et Conceição à écouter ce petit coq de basse-cour ? Meneses a beau ne pas valoir grand-chose, il y a des limites, il y a des limites. M'sieu Veiga, par exemple, n'aurait pu se vanter que si... L'autre jour, le conférencier, au théâtre São Pedro, n'a-t-il pas raconté que le comte, mari de la Guiccioli, présentait toujours sa femme en disant « l'ex-maîtresse de lord Byron » ? Comme qui polit un blason ou met au net un parchemin ? Un jouvenceau à la voix qui mue, ce Nogueira, barbe follette, sans doute godiche, puceau, empiffré de rêves, entraîné au cheval de bois et à la lance itou, pas encore habitué à en découdre ni à dégainer, et Conceição, pour sa part, si douce, mais si dépourvue de cette substance minérale qui émerveillait son père orfèvre, une telle mésalliance pouvait-elle réussir ?

Comment donc s'appelait cette gentille fille,

condisciple, chez les bonnes sœurs, de Conceição et qui était passée à la maison Valois et avait essayé, toute tremblante, le tour de cou d'émeraudes que dona Inácia rêvait de se voir offrir par son Veiga, ou, sinon ?... Mais il est vrai que la jeune fille avait jeté sur les émeraudes des yeux avides, non pas à cause de la valeur des pierres, mais avides d'une sorte de fusion, de communion.

– Voisins de mines, de gisement ou de coffre-fort, avait dit Veiga.

Marcolina ? Celestina ? Ah, mon Dieu, gémit Inácia, comment est-il possible que j'oublie même le nom des personnes que j'ai aimées, qui m'ont aimée, cette demoiselle par exemple, qui a été pour moi comme une seconde fille quand je suis devenue veuve, en rien minérale par conséquent, ni dure, car qui dirait d'un diamant qu'il est compatissant ? Gasparina, Tomazina, Vitorina ? Non, pire, Jupiterina...

Aïe, palpitations, vertige. Où est mon eau de mélisse, où sont passés mes sels ? « Plus bas, maman peut se réveiller. » Conceição est peut-être en train de perdre la tête. Une telle phrase est dangereuse en soi, car dans le plus ingénu des hommes, il y a un faune simplement assoupi et encore, avec un œil entrouvert. Si c'était moi, dans une maison comme celle-ci, prétendument endormie, qui parlais en ces termes, la, disons... Ô ces après-midi de Laranjeiras, fêtes nocturnes de la rue de la Princesse, rouflaquettes du Conseiller. « Maman est loin, mais elle a le sommeil très léger. » Loin ? « Loin », mais capable de déchiffrer, accotée à la porte, des murmures, comme si le trou de la serrure formait, déduite la ferrure, celui de son oreille. Loin, en effet, Inácia était loin de comprendre, en cette nuit de cloches et d'émois, où s'était fixée, dans l'esprit de Conceição, la frontière, avec guérite et sentinelle, qui doit séparer les fantaisies, qui ne font de mal à personne, des desseins et intentions, surtout en cette circonstance, à minuit, sur un canapé aux côtés d'un jeune homme, avec pour tous vêtements une robe de chambre et des pantoufles noires.

Et si pourtant... Non, restons dans la fantaisie, la silhouette entrevue de Montezuma, un tantinet fêlé, c'est ce que disait son Veiga, vu qu'il voulait et proposait au Sénat... que proposait-il donc ? Ah oui, libérer les esclaves, tout simplement. J'ai eu envie de dire à mon Veiga, sur le ton de la plaisanterie, naturellement, mais je m'en suis bien gardée, que moi, si j'étais son esclave, je continuerais de l'être même affranchie, pour lui procurer les

Souvenirs de dona Inácia

babouches de Tunis, la robe de chambre chinoise de soie, le fer à friser les moustaches, que sais-je encore ? Un jour, quand mon Veiga et moi avons sauté du coupé dans la rue Direita et sommes entrés dans la rue de l'Ouvidor pour rejoindre la maison Valois, Montezuma sortait du salon de coiffure Desmarais pour s'arrêter ensuite à la porte de la maison Crashley, gants couleur de foin, canne à pommeau d'or, redingote ajustée comme la robe de ces pur-sang que j'avais vus un dimanche parmi des grooms au Prado Fluminense.

Restons dans la fantaisie, la figure délicate du jeune journaliste et écrivain qui, disait mon Veiga, « laisse déjà loin Bernardo, fait déjà de l'ombre à Alencar », montrant, lors de la visite au Sénat, les vieux Paranaguá et Sinimbu. Comment s'appelait-il ? Suis-je condamnée, doux Jésus, à me souvenir des gens et à oublier leurs noms, ou à garder les uns et les autres en mémoire mais absurdement dissociés, des bouteilles sur une étagère, et Dieu sait dans quels tiroirs se trouvent les étiquettes, courant ainsi le risque de tomber sur les tord-boyaux de mon Veiga alors que je prétendais tout au plus accompagner un biscuit d'un verre de Tokay ?

... Les trous de serrures sont des orifices placés

aux portes pour permettre aux mères de surveiller leurs filles et, de temps à autre, à une clef de mouvoir le pêne qui ferme le passage entre deux pièces. Aïe, mes nerfs, mais si je prends de la valériane, je m'endors. Heureusement, ils sont côte à côte, ils se gardent de s'entrelacer les mains, de se faire du genou ou de se frôler le visage et, d'un moment à l'autre, le freluquet va s'envoler et Conceição rejoindre sa couche froide d'épouse résignée à partager, ce qui en soi représente si peu, un Meneses, et non pas un Rubião et encore moins un lord Byron, avec Dieu sait quelle pauvre d'esprit, cette créature qui partage de son côté avec Conceição un vulgaire, un tout au plus, un moins-que-rien de Meneses.

... Ah, mon Veiga, il ne m'a pas laissé grandchose, et après lui sont venus les coups du sort, la succession de coups, et moi à essayer, comme un arbre quand menace la tourmente, de faire bonne figure, d'abord en trouvant une certaine drôlerie dans mon propre ridicule, cramponnant les feuilles d'automne comme parfois je cramponne mon chapeau dans une bourrasque, mais ensuite sentant les racines, également ébranlées, comme celles des dents, ah, pauvre de moi, avec ce mauvais temps qui souffle, souffle, de ses furieuses joues de souf-

Souvenirs de dona Inácia

flet, déracinant, emportant tout, même mon Veiga, qui au bout de tout ce labeur d'orpailleur rue de l'Ouvidor nous a seulement légué trois contos, quelques livres or et une petite escarcelle avec trois brillants : la dot de Conceição était à peine suffisante pour un Meneses. En même temps qu'il me volait, avec mon Veiga, le cœur de mon compagnon, il me dérobait aussi ce temps que je n'avais pas connu, sinon comme on connaît, par des gravures de livres d'histoire, le prince, ou le dandy, sur des estampes d'un traité de galanteries, celui que j'ai vu, au loin, en train de prendre *un coup* de vin blanc chez Deroché, ou bien, au moment où je sortais de faire des courses chez Notre-Dame, en train d'allumer un cigare à la porte de la Castelões. Je me rappelle encore l'accès de honte et de colère qui m'a échauffé les joues – aujourd'hui c'est, car le temps a aussi ses tendresses, un souvenir pimpant – quand, en le regardant de loin le plus discrètement que je pouvais, ou croyais, j'entends le compliment du premier godelureau venu qui me surprend et se présente en adorateur et, s'en rapportant au petit médaillon en or qui adorne encore mon cou et qui contenait, à l'époque et aujourd'hui encore, l'image de mon Veiga : « Je me rapetisserais, m'aplatirais et me découperais en forme de cœur s'il m'était permis de vivre dans un tabernacle aussi charmant, entre dentelles et soupirs. » Carolina, Setembrina, Aristidina...

Voix et brouhaha, un brouhaha aussi, enfin ! Est-ce que le béjaune va partir ou est-ce qu'ils parlent encore plus bas parce qu'ils ont décidé, qui sait, d'occuper le milieu du canapé ? Je vous demande instamment, monsieur le rhumatisme, de me permettre de me pencher sur le trou de la serrure.

Agripina, Afroditina, c'était un prénom bizarre et celle qui le portait, selon ma pudibonde Conceição, lisait l'âme des hommes comme d'autres lisent le *Correio Mercantil*. En ce qui me concerne, je sais seulement que cette jeune fille, après m'avoir vue anéantie, au pied du dernier lit où gisait mon Veiga, m'a invitée, à peine dissipées les ténèbres du plus grand deuil, à lui rendre visite, à voyager à Paquetá ou Magé, comme si elle était, non pas une amie de Conceição, mais une autre fille mienne, elle m'a conviée à prendre le thé dans sa résidence, tout en contemplant, de ses fenêtres, la mer de la Gloria et du Flamengo qui se brisait contre le quai. Un jour, elle a obtenu de son mari – je me rappelle son nom, ouf ! Dieu soit loué, doutor Santiago – qu'il nous emmène visiter le Sénat, en compagnie de ce jeune

Souvenirs de dona Inácia

homme, ami de la famille. Ô Seigneur, le nom, le nom de cette discrète créature, aimable, subtile qui, j'aimerais un jour le lui dire, puisque je ne lui ai pas dit ce jour-là, au Sénat, m'a véritablement arrachée à mes crêpes larmoyants pour m'installer, tranquille, dans la contemplation consolatrice de la désolation qu'est toute vie humaine. Que s'est-il alors passé ? Je me force à l'avouer, oui, encore que fort bien escortée par Conceição, le doutor Santiago et cette chère Ina, je me suis mise, de façon inélégante, à renifler dans mon petit mouchoir, à pleurnicher presque dans mes voiles, à dissimuler, par une toux inconvenante, des sanglots que moi-même je n'aurais su expliquer de façon satisfaisante. Je pensais tout à la fois à feu Veiga et à Montezuma, trépassé lui aussi, qui sinon aurait été présent, parmi ses pairs, dédaigneux et mordant, et je crois, si tant est que je me comprends, si tant est que je sais à quoi je pensais à ce moment-là et quels chagrins m'affligeaient, que les deux morts, le compagnon et l'Icône, étaient emblématiques de l'homme, représentaient le monde vide d'hommes, à mes yeux, moi condamnée par l'âge et la fatalité à ne plus les avoir et seulement les voir, et un tel cauchemar menaçait de me changer en une pleureuse stentorienne, ponctuant de gémissements et de hoquets le brillant morceau oratoire que produisait alors le doutor Eusébio de Queiroz. À ce même moment parvint à mes oreilles, quasi en secret, la douce voix, à peine ironique, du jeune cicérone, qui doit avoir une accointance ou même, je le soupçonne, une intimité avec des puissances auxquelles nous autres n'avons pas accès.

– Regardez là, devant cette porte, la figure la plus importante du Sénat.
– Qui est-ce ?
– Plus important qu'Abaeté, Nabuco, Paranhos.
– Plus que Montezuma ?

– Maman ! Tu ne dors pas ? J'ai vu ta lumière sous la porte.
– Ah, ma fille, cette volée de cloches ! Cette rumeur de messe de minuit !
– Mais, maintenant, tu vas dormir.
– Oui, bien sûr, mais seulement si tu me rafraîchis un peu la mémoire. C'est vraiment une grande ingratitude de ma part d'oublier le prénom de cette grande amie que tu avais, est-ce qu'elle n'est pas partie vivre en Europe ? Tu te rappelles ? Il rimait avec Ina. Un jour, elle nous a emmenées

Souvenirs de dona Inácia

visiter le Sénat, quand j'ai recommencé à sortir, après mon veuvage. Mariée avec le doutor Santiago.
— Ah oui ! Capitolina. Elle est morte récemment, en Suisse. Toute seule, la pauvre.
— Elle préférait son diminutif, n'est-ce pas, plutôt que ce prénom prétentieux ? Au fait, c'était quoi son diminutif ?
— Ah, maman, pour l'amour de Dieu, je tombe de sommeil. Allons dormir. Demain je me rappellerai tout ce que tu voudras. Bénis-moi.
— Dieu te bénisse, ma fille.

Dona Inácia vit de nouveau le visage du jeune cicérone, paisible, presque timide, qui lui disait sans le dire que toutes les tristesses peuvent marcher de pair avec une suave bienséance.
— Plus que Montezuma ?
— Plus qu'eux tous, madame, plus que nous tous. C'est ce fonctionnaire tout en noir, cape noire, chaussettes et chaussures noires à boucles. Il ouvre le rideau afin que sortent tous les sénateurs, un par un, une fois terminée la session. Les sénateurs et nous aussi. C'est le seul portier qui délivre des billets de sortie.
Et, fermant les yeux pour dormir, dona Inácia

Antonio Callado

vit, dans son rêve familier, plus efficace pour l'endormir, calmement et dignement, que toute infusion de tilleul, même sanctifiée par une goutte de laudanum, elle les vit tous passer devant le portier et disparaître, Abaeté, Paranhos, Nabuco, Eusébio et Montezuma, en grande pompe un cortège discipliné de barbes et favoris, calvities et barbiches, mouches et moustaches aux pointes en croc, les poitrines étincelantes de la Rosa et d'Aviz, du Dragon et du Christ, elle vit comment s'estompait son Veiga, donnant la main, attendri, à Conceição et, bras dessus bras dessous avec Santiago, comment était également engloutie dans le tourbillon son amie Capitolina – à présent lui revenait à la mémoire le diminutif enivrant, Capitu –, elle vit, en dehors d'elle, comment elle passait elle-même, Inácia, devant l'homme en noir et par le précipice doux et velouté du rideau, comment ils passaient tous chacun à son tour, sans laisser de trace et, finalement, le portier se passait lui-même, tout à trac, théière avalée par le capuchon, mèche cagoulée par l'éteignoir, immergé à son tour dans le néant noir qu'il administrait, aiguille, jusqu'alors, à passer les autres, fil, maintenant, à se coudre dans le noir absolu.

Seul à ne pas passer, le jeune homme, écrivain

Souvenirs de dona Inácia

et cicérone et, de l'autre côté de la toile diaphane et inexpugnable, du mince rideau infranchissable, nous tous qui étions passés, et avions pâli, nous l'appelions en gesticulant, certains par son nom, attendant tous qu'il vienne se joindre à nous, mais il ne bougeait pas, seul, pas même étonné, non, jamais de la vie, orgueilleux, plutôt aimable, amical, peut-être un tant soit peu ému, s'inclinant comme pour prendre congé, mais accomplissant, serein, son devoir de rester.

Selon Nego de Roseno

Antônio Torres

– 𝒫etit patron, donnez-moi une pièce.
– Pourquoi tu veux de l'argent, bonhomme, dit l'enfant.
– Donnez-moi une pièce que je boive un coup.
– Vous n'allez pas travailler ? Papa vous attend.
– Je vais d'abord boire un coup.
– Buvez-en deux et cuitez-vous une bonne fois, dit l'enfant en mettant deux pièces dans la main de l'homme, et il s'éloigna.
– Dieu vous aide, petit patron.

C'était mardi et c'était la fin de tout – et le dernier être vivant du monde était déjà ivre mort alors que le soleil venait à peine de se lever.

À présent, il n'y avait plus ni messe ni foire ni baraque ni brioche et la rue redevint ce qu'elle avait toujours été : une solitude unique.

C'est ce que perçut l'enfant en se réveillant. Il

Selon Nego de Roseno

était seul. Tout comme le curé, tous étaient retournés à leurs maisons dans la réalité, fermettes et masures misérables disséminées dans les environs, sur plus de sept lieues au total. Même l'oncle Ascendino, le dernier des bigots (le soûlard ne comptait pas), avait abandonné son poste pour revenir à sa menuiserie. Maintenant il n'avait plus qu'à reprendre le chemin de la plantation. Le pire n'était pas la solitude. C'était la faim. Et donc, avec l'estomac qui grognait et se frottant les yeux pour les nettoyer de la chassie, l'enfant se dirigea vers l'échoppe de Josias Cardoso. Il allait acheter un petit pain ou peut-être un pain de maïs. Maintenant il pouvait acheter ce qu'il voulait, car les trois billets que le curé lui avait donnés permettaient de se payer des tas de choses. Mais il marchait lentement. Là-bas, à la plantation, son père l'attendait avec une houe.

Heureusement, en plus du gamin, du soûlard et du patron du magasin était resté Nego de Roseno et son vieux fourgon arrêté à la porte de l'échoppe. La guimbarde était quand même un peu mieux que le véhicule qui transportait le caisson noir rempli de picaillons des cultivateurs. C'était l'unique fierté motorisée du Junco – et la juste récompense d'un homme qui avait passé toute une vie à transbahuter des marchandises à dos d'âne. Le gamin était également fasciné par le progrès de cet homme et enviait sa liberté de rouler par monts et par vaux dans la cabine de ce petit camion qui, même lorsqu'il tombait en panne ou s'embourbait, finissait toujours par arriver à destination. Et c'était peut-être cela qu'il aurait voulu à ce moment-là. Immobile à l'intérieur de l'échoppe, comme s'il était une des caissettes que Nego de Roseno essayait de changer de place, le gamin admirait les gestes délicats que ce gaillard bien découplé avait pour ranger les flacons de sent-bon sur les étagères. Et c'est alors que Nego de Roseno parla. Il voulait quelque chose ? Oui. Cette chemise, là, c'est combien ?

Elle coûtait plus que la somme qu'il avait, mais Nego de Roseno s'en contenta.

– Ton père est un bon client, dit-il. Je vais te faire une remise.

Son père. Maintenant, il lui fallait inventer un bon mensonge à dire à la maison. Pourquoi t'es tellement en retard ? Pasque...

Peut-être qu'il allait recevoir une raclée.

Mais il avait deux pains dans une main et une chemise neuve dans l'autre – et pour le moment, c'était ça l'important. Une chemisette blanche, à manches courtes (différente, moderne), la première chose de sa vie qu'il achetait avec son propre argent. De plus, il n'avait pas fait mettre les pains sur le compte de son père, comme les autres fois. Le problème c'était que son contentement ne faisait pas oublier sa trouille. Qui t'a obligé à traîner en route ?

Quand il arriva à la menuiserie, l'oncle Ascendino chantait encore des cantiques. C'était un vieillard très solitaire qui passait son temps à prier et à maudire l'UDN, un antre de communistes. L'oncle Ascendino s'arrêta de chanter, lâcha son herminette, rajusta ses bretelles et montra au gamin un petit camion bleu.

– Je l'ai fait pour toi. T'aimes le bleu ?

Le gamin offrit l'un de ses pains à l'oncle Ascendino, qui proposa de faire du café. En attendant, et cette fois avec une joie redoublée, après le cadeau qu'il venait de recevoir, il changea de chemise.

– Elle est un peu large, dit l'oncle Ascendino. Mais c'est peut-être mieux. Elle va rétrécir au lavage, et puis tu vas grandir.

Oublieux du temps, de la houe et de l'éventualité d'une raclée, le gamin bavarda longuement, comme s'il était un agréable compagnon pour son oncle.

– Chez nous, on est heureux que quand il y a des messes, vous pensez pas ?

— C'est bien vrai, dit l'oncle Ascendino. Ce qui est dommage, c'est n'avoir que des messes des quatre-temps. On aurait grand besoin d'un curé à demeure qui célèbre une messe tous les dimanches.
— C'est aussi mon avis, dit le gamin.
— Et toi, quand est-ce que t'entres au séminaire ?
— Je sais pas, mon oncle.
— Quand je te vois servir la messe, je te trouve si beau que je demande à Dieu de te voir un jour en soutane. Ce serait la plus grande fierté pour les gens d'ici. Mais peut-être que je vivrai pas assez pour avoir ce bonheur.

Au Junco, arrive un moment où il n'est pas possible d'entendre chanter un char à bœufs de l'autre côté de l'univers. Entre onze heures du matin et trois heures de l'après-midi, le soleil tremble et les cigales arrêtent de striduler. Le gamin marchait sur la route, attentif aux nids-de-poule. Attentif au bruit des roues de son petit camion qu'il poussait avec un bâton fourchu.

Le cadeau de l'oncle servit aussi d'excuse pour son retard.

Ce qu'on ne lui pardonna pas, ce fut d'avoir donné tout son argent pour une chemise qui ne valait pas un clou. Bêta. Gros bêta stupide. Son père ordonna :

Selon Nego de Roseno

— Retourne là-bas et rends cette saloperie. Et rapporte l'argent.

Il lui fallait reprendre la route. Pas moyen de faire autrement. En chemin, il demandait à Dieu de jeter devant lui les trois billets qu'il avait reçus du curé et qui maintenant étaient dans les mains de Nego de Roseno. Si ce miracle arrivait, il balancerait la chemise et reviendrait à la maison sans avoir eu à affronter le propriétaire de l'échoppe. C'était humiliant d'avoir à annuler un achat qu'il avait fait de son propre gré. Mais si Dieu ne lui venait pas en aide, qu'attendre de Nego de Roseno ? Les yeux humides, il demanda le secours de Dirce. Dirce ne bougea pas un doigt. Il demanda le soutien de Neguinho, qui un jour était tombé à ses pieds, en pleine rue, victime d'une crise d'épilepsie. Neguinho non plus ne dit rien. Quel genre de bonhomme il était ? demandait Nego de Roseno. Il achetait une chose et ensuite s'en repentait ? En plus, la chemise était trempée de sueur. À la maison, outre la houe, l'attendaient maintenant une nouvelle série de menaces et d'engueulades. Et cette mésaventure allait perturber son sommeil durant un bon bout de sa vie.

Comme le jour où Neguinho se jeta dans le vieux bassin et mourut noyé, afin de se venger d'une gifle que son père lui avait donnée. Dans ses rêves, le gamin voyait Neguinho se débattre par terre, la bouche écumante, les yeux exorbités et suppliants, comme s'il l'appelait à son secours. Cette scène allait se répéter des nuits d'affilée, et pourtant le gamin n'arrêtait pas de prier pour l'âme de Neguinho.

Ce ne fut que bien plus tard, alors que la chemise était toute déchirée et ne servait plus à rien, qu'il considéra cette histoire comme terminée.

Un soir, son père rentra assez tard et resta à bavarder avec sa mère. Il parlait de ce qu'il avait entendu des hommes dire à propos du gamin.

— J'étais en compagnie de Josias, compère Zeca et Nego de Roseno. — Le gamin, l'oreille tendue. Ils n'avaient donc pas encore oublié cette fameuse histoire. — Alors Nego de Roseno a dit : « Ça fait plaisir d'entendre ce gamin parler. Ce gamin est un homme », racontait le père.

— Les autres, tous, ont dit la même chose.

Enfin. Son père était fier de lui.

Son fils était un homme, selon Nego de Roseno.

Désarroi

Carlos Nascimento Silva

– Le Père Noël n'existe pas, dit Ninico à voix basse, concentré sur le fond de son verre de fine Napoléon.

Il était déjà onze heures du soir et les quatre hommes, assis autour de la petite table au plateau de marbre rugueux, terminaient la cinquième tournée, un peu somnolents, vaguement mélancoliques : la date, le bar vide de clients à part eux, le Joaquim de la Maria qui s'assoupissait en piquant du nez, juché sur un tabouret en bois derrière le comptoir.

– Qu'est-ce que tu as dit ? s'étonna Feliciano en levant la tête pour regarder son ami. Que le Père Noël n'existe pas ? Qu'est-ce que tu veux dire par là ?

– Il veut dire que le Père Noël n'existe pas, confirma Mariano, tautologique, les yeux vitreux, observant en coulisse la lumière jaune du lampadaire, de l'autre côté de la rue. Voyons, tu ne sais pas que Ninico adore lancer des affirmations controversées ? Il sait très bien qu'il ne peut pas le prouver. C'est pure provocation.

– Non... je pense vraiment qu'il n'existe pas. Ce n'est pas de la polémique, non, simplement il n'existe pas, réaffirma Ninico d'une voix douce, tout en continuant de sonder du regard le fond de son verre.

– Arrête de déconner, tu sais ça depuis l'âge de cinq ans ! lança Feliciano, réaliste, pour éviter le piège de la philosophie bon marché de Mariano.

– D'accord, si vous voulez passer la nuit de Noël à dégoiser des insanités, pourquoi pas ? dit Mariano d'un ton las. Moi je n'ai personne qui m'attend à la maison, vous non plus. À part João. Mais vous serez d'accord avec moi qu'on ne peut pas le prouver : ni affirmer ni nier. Pas de façon consistante, conclut-il, péremptoire.

– Tel que tu poses le problème, en termes purement logiques, bien sûr que non. Mais à ton tour tu vas devoir être d'accord que, en ces termes, la marge de discussion est plus que réduite. En fin de compte, si tu écartes ce qu'il n'est pas possible de prouver, que peut-on discuter ? Ce qui est déjà

prouvé ? Mais, par définition, cela ne donne pas de champ à une opinion, donc à une discussion, s'emporta Feliciano, agacé par Mariano.
— De surcroît, ceci est une conversation, rien de plus, une discordance entre deux personnes qui ont des opinions différentes.
Mariano allait répondre à l'aporie absurde, mais il flancha et un silence pénible s'abattit sur la table. Pour les vieux amis qu'ils étaient, cette joute verbale n'avait rien d'anormal dans le cours de leurs rencontres quotidiennes. Chacun connaissait, trop bien, la pensée des autres, et ce, depuis plus de vingt ans, ce qui permettait une compréhension rapide entre eux. Les désaccords étaient connus, murs infranchissables depuis longtemps repérés, respectés, ou peut-être seulement tolérés, simples impossibilités interpersonnelles ; convictions vitales, les définirait Feliciano.
Aussi jugez de la surprise générale quand João Pedroso proféra :
— Non, Ninico, tu te trompes. Vous vous trompez tous. Non seulement il existe, mais on peut le prouver. Je veux dire, moi je peux le prouver, et d'autres peut-être également.
Ninico s'arracha de la contemplation du fond de son verre, lentement, prêt à ergoter, méfiant. Les

Désarroi

deux autres regardèrent leur ami en souriant, dubitatifs. Ce n'était pas une divergence, mais de l'incrédulité ou, peut-être, l'attente d'une plaisanterie de João. Dont le visage, toutefois, était sérieux, froncé.

– Ah ! Arrête ton charre, João ! Toi aussi ? s'exclamèrent en même temps Feliciano et Mariano, en termes légèrement différents mais de même sens.

João Pedroso fixa chacun de ses amis, le visage tendu, tourmenté, et ne se donna pas la peine de répondre à l'un ou à l'autre ; sa pensée vagabondait dans un monde ancien, perdu, passé.

– Je ne vous l'ai jamais raconté. Jamais je n'en ai parlé à qui que ce soit. Rien que d'y penser, je me sens mal, c'est comme un nuage sombre d'orage, un certain malaise, quelque chose de maléfique.

L'ambiance de la table avait changé. Finie la conversation décontractée, elle avait fait place à une tension progressive des corps, dans l'air. L'éclairage même dans le bar, dans la rue, avait changé, comme affaibli par une baisse de voltage, si fréquente dans cette petite ville. Ninico contracta les muscles des épaules, du thorax, sans s'en rendre compte. Les autres s'agitèrent sur leurs chaises, gênés, sans savoir pourquoi.

– Je devais avoir dans les sept ans, et l'école s'était

déjà chargée de me faire perdre quelques illusions que ma mère avait entretenues durant toute mon enfance. À coup sûr, dit João Pedroso, l'air songeur de qui se souvient de sa prime enfance, ce ne fut pas la dernière.

Il ne se rappelait plus les circonstances exactes, les causes ou le motif qui l'avaient amené à contredire sa mère, montrant la sagesse qu'il avait acquise loin du nid qui, en fin de compte, l'avait trompé avec ce petit mensonge.

– Je faisais le malin devant ma mère, je me montrais fier d'avoir grandi, de devenir déjà un petit homme. Ce n'était pas un reproche à mes parents, ni rien d'équivalent, et je fus très surpris de leur réaction violente, leurs cris qui ne cessèrent qu'avec mes larmes, embrassades, baisers et demandes d'excuses.

João Pedroso lampa le reste de sa fine et regarda ses amis, en quête d'un encouragement.

– En résumé, ma mère avait dit que la Noël n'existait que pour celui qui y croyait. C'était à prendre ou à laisser, tout simplement. Celui qui était bon obéissait aux plus âgés et s'il croyait à ce que signifiait la Noël, il était récompensé par des cadeaux, des gâteries et des friandises que moi j'avais toujours connus. Dans le cas contraire, le

Désarroi

choix incombait à chacun. Et c'était la raison pour laquelle bien des enfants ne croyaient pas au Père Noël, ou l'inverse, selon leur gré.

João Pedroso commanda une autre tournée, fort bienvenue en cette circonstance, et raconta qu'il avait rapporté à ses camarades de classe ce que sa mère avait dit.

– Vous pouvez imaginer comment j'ai été la cible des plus cruelles moqueries dans le groupe scolaire. Ç'a été une expérience vraiment pénible, vu l'âge que j'avais. Non seulement ils se moquaient de moi, mais ils me montraient du doigt, dans la cour de l'école, comme celui qui ne croyait pas au Père Noël et, du coup, je me sentais complètement isolé.

Évidemment le garçonnet avait essayé d'atténuer cette avanie insupportable. À ce moment-là l'apostasie de ses croyances était ce qui le préoccupait le moins, même s'il ignorait ce mot. Par ailleurs, la confiance en sa mère était ébranlée

– Vous comprenez ? Ce n'était pas seulement une question de courage moral, car ce qui est déjà bien difficile pour des adultes l'est encore davantage pour une jeune créature. Mais une rupture entre mon monde premier, maternel, et les croyances de mon âge si vous voulez, bref, de mon monde ou du monde qui se construisait, non seulement autour de moi, mais avec ma participation, car j'en étais déjà une partie intégrante, active.

» Le clivage était profond, non sur la question en soi, mais pour tout ce qu'elle impliquait. Car enfin, à sept ans on n'a pas le moindre sens critique, et la scission se creusa, sans moyen terme qui la réduisît.

» De plus, continua João Pedroso, la façon dont ma mère avait posé le problème, autrement dit, en termes de croyance, rendit impossible toute décision. Bien sûr, aujourd'hui je peux considérer tout cela avec une certaine distanciation. Mais à l'âge que j'avais alors, c'étaient des positions inconciliables, un abîme d'incertitude et d'indécision qui ne pouvait être sondé. Bref, une bipolarité insupportable qui s'étendait à toute matière : éthique, esthétique, religieuse, qui inclurait, plus tard, toutes mes convictions sociales, politiques, économiques. En résumé, le monde des idées et des actions, comme vous-mêmes avez posé le problème, il y a un instant.

– Et alors, demande Ninico, toujours d'une voix douce, comment tu t'en es sorti ?

– Je ne sais pas. Il n'y avait pas moyen d'en sortir et, de mon point de vue enfantin, non seulement la question était loin d'être claire, comme le serait

Désarroi

la cause du désastre le plus complet, vu l'importance que revêtait Noël à mes yeux, à cette époque. Je pense que mon aversion vis-à-vis de cette date vient de là. Pensez aux implications : soit je devenais un paria social, c'est-à-dire dans ma société, à l'école, parmi mes camarades, soit ma mère apprendrait mon incroyance, puisque Noël ne me réserverait rien, si elle avait raison. Mais le pire n'était pas là : peu importait ce que je déclarerais aux uns et aux autres, la division perdurerait, interne, en moi, même si je « voulais » accepter telle ou telle opinion, telle ou telle croyance, puisque c'était de cela qu'il s'agissait. Et alors l'angoisse me submergea et je tombai malade.

– Mon Dieu, João, pourquoi est-ce que tu n'en as pas parlé à ta mère ? De toute évidence, elle n'avait pas eu de mauvaise intention, objecta Feliciano. Ou même à ton père, un oncle, un grand-père.

– L'enfant a sa logique propre. Les réactions de ma mère d'un côté, de mes camarades de l'autre, furent si diamétralement opposées que le sujet devint tabou, prohibé pour moi.

João Pedroso alors raconta comment sa maladie lui avait permis d'amortir le conflit. Les premiers jours de novembre étaient arrivés et le médecin lui avait interdit tout effort, et donc d'aller à l'école. À la maison, fils unique, alité les premiers jours par une fièvre nerveuse, João Pedroso avait été obligé d'affronter de longues heures de solitude et par conséquent de repli sur soi. Fils obéissant, il voulait fermement croire à ce que sa mère lui avait dit, et l'absence de ses camarades et amis avait facilité la chose. De nouveau dans le nid maternel, l'adéquation au mouvement de la maison, ses rythmes, ses pratiques, avaient permis finalement à l'enfant de revenir à la culture maternelle, matriarcale. Et la maladie s'était estompée, comme si elle ne s'était jamais installée. Ensuite les vacances avaient consolidé son retour à la santé et même l'approche de Noël n'avait pas redoublé ses alarmes, du moment que sa division intérieure avait presque entièrement disparu.

Près d'un demi-siècle plus tard, João Pedroso se rendit au vaste hangar, où il allait rarement tant à cause du vent coupant des jours froids qu'en raison de l'inclémence de la lumière qui escaladait les cieux les jours d'été, et il se dirigea vers le troisième pilier de briques anglaises vernies. Il compta sept blocs, de bas en haut, et lentement il dégagea la petite

Désarroi

brique, dans le silence de la maison encore endormie. Il saisit quelque chose qu'il mit dans la poche de son pantalon et replaça la brique, bien ajustée, sans rien qui la distinguât des autres.

La demeure et ses corps de bâtiments avaient été construits à cheval sur une colline, ce qui permettait de voir de haut, de la rue en coude qui montait à gauche, les maisons plus petites, juste au-dessus de l'appui de leurs fenêtres, tandis qu'à droite, des toits et des avant-toits flanquaient la descente en pente raide. Les gens qui passaient dans la rue ne pouvaient voir que le haut des rayonnages de livres qui atteignaient presque le plafond d'une des pièces, quand les lourds rideaux n'étaient pas tirés.

João Pedroso avait hérité de son père, dans les années soixante, ce que la petite ville engourdie se plaisait à considérer comme sa plus belle construction, produit du courtage du café, dont les bureaux étaient alors installés au rez-de-chaussée de l'immeuble, aménagés avec beaucoup d'ingéniosité et de perspicacité commerciale, depuis les années trente.

Bien différent de son père, João Pedroso n'avait jamais eu ses capacités, ni son habileté au jeu du commerce en gros. Achats malheureux et ventes précipitées avaient dilapidé le capital diligemment accumulé et les années soixante-dix avaient vu la ruine du lucratif négoce paternel. Non pas que João Pedroso travaillât peu ou mal. Au contraire, arrivé à l'âge adulte, il s'était livré à un travail acharné, sans ménager efforts et initiatives dont les résultats, toujours négatifs, avaient conduit au naufrage total. « Presque comme une malédiction », répétait-il au fil des jours, comme un refrain maléfique, comme un glas. Et alors sa pensée se portait vers le petit morceau de papier, soigneusement plié, déposé sous la brique de la septième rangée du troisième pilier du hangar.

C'est alors que João Pedroso se mit à jouer, dans l'espoir d'équilibrer le budget de la maison, vu que celui de la firme était définitivement en faillite. De la loterie au bingo et de celui-ci au bookmaker de la ville la plus proche, l'évolution fut rapide, dommageable, et s'acheva sur un désastre. Une tentative de fraude fiscale pour sauver le courtage du café, par un de ces hasards improbables, fut sanctionnée par une amende qui s'élevait à presque dix fois le montant de l'impôt et qui tomba comme une pelletée de chaux vive sur la firme paternelle.

La vente du rez-de-chaussée de l'immeuble et des installations permit d'éviter le pire et à João Pedroso de continuer d'habiter au premier étage, mais

Désarroi

l'ordinaire était chiche et strictement contrôlé. Meubles, vêtements, bref toute dépense était constamment, ou presque, différée au prix de mille soins dans l'usage de chaque objet, et l'on ressentait, dans la maison, le manque de toute commodité qui ne vînt pas du bon vieux temps. Costumes, cravates, chemises à col empesé, le pli des pantalons de flanelle, les chaussures cirées, tout faisait l'objet du travail quotidien de la femme de João Pedroso et de deux Noires, arrière-garde domestique qu'on entrevoyait rarement entre le corridor et les aires de service aménagées à l'air libre. Le João Pedroso que connaissaient ses amis était, en quelque sorte, la partie émergée d'un iceberg, un éventaire, une vitrine de la vie du foyer et, grâce à lui, la petite ville ne connaîtrait jamais l'état réel des finances familiales. Et c'est ainsi qu'il avait traîné les dernières années, vivant de petits expédients, au prix de dépenses minimes.

Mais ce matin-là, veille de Noël, ce n'était pas cela qui préoccupait João Pedroso. Il avait mal dormi, à se tourner dans le grand lit conjugal qui avait appartenu à ses parents, tantôt remontant les couvertures jusqu'au menton, frissonnant de froid, tantôt les repoussant loin du corps, en proie à des bouffées de chaleur inhabituelles. Et dès que la lueur grise du matin filtra par les persiennes en bois vert clair, il sauta du lit et, en chemise de nuit et pantoufles, se dirigea vers le hangar, à pas de loup. Ayant récupéré ce qu'il cherchait, et peut-être parce qu'il ne l'avait pas touché depuis plus de cinquante ans, il le fourra dans sa poche sans même le regarder et gagna la salle de bains pour ses ablutions matinales.

Pendant le petit déjeuner, tout en jetant un coup d'œil au journal, João Pedroso sentait le petit bout de papier – un billet ? –, tel un objet tiède, dans la poche de son veston, un poids un peu gênant sur sa poitrine, et il se demanda pourquoi il l'avait récupéré, après tant d'années, et dans quel but.

– Bon, c'est alors qu'Alberto est arrivé, dit João Pedroso, à voix basse, en lampant une petite gorgée de fine sans même s'en apercevoir.
– Quel Alberto, le Petit-Bègue de la Maria Preta ? intervint Feliciano, incapable de refréner sa curiosité.
– Non, ce n'est pas de votre temps. Alberto Monteiro était mon cousin, du côté de mon père. Un gamin espiègle et mal élevé. Alberto était la terreur de ma mère et des bonnes. Un an de plus

que moi, c'était toujours lui qui inventait les méfaits, les farces, c'était lui qui déclenchait les bagarres et les jeux brutaux et pervers. Vous savez, cracher de la terrasse sur la tête des passants, mettre un cancrelat entre la tasse et la soucoupe de maman ou nouer ensemble les lacets des souliers de la petite Noire, sous la table. Toute la maison était en ébullition, et méfaits, réprimandes et punitions n'arrêtaient pas. Et bien entendu, c'était inévitable, je me laissais souvent embarquer, même à contrecœur. Bref, même effrayé par son culot, j'admirais Alberto et je trouvais amusantes les farces qu'il inventait.

» Le jour où Maria Preta se mit à courir comme une âme en peine à travers la maison, enveloppée dans un drap à cause du lézard qu'Alberto avait glissé sous son oreiller, maman perdit patience et nous infligea trois jours de punition, bouclés dans la grande chambre, sans journaux pour enfants ni jouets. Nous n'en sortions que pour les repas dans la salle à manger, avec papa et maman qui arboraient une mine fâchée, et nous retournions à notre « retraite spirituelle », comme elle disait, afin que nous puissions « toucher du doigt notre conscience », comme des « enfants de bonne famille » et non des « sauvages de la forêt ».

» Nous étions à quelques jours de Noël, mais ce

furent des jours tout compte fait pas trop pénibles, même si nous étions privés de liberté, car Alberto ne restait pas tranquille, quoique bouclé dans une chambre. Il imitait maman, singeait Maria Preta, ourdissait des projets mirobolants pour le jour où nous sortirions de « prison », jurait de se venger de la noiraude qui, selon lui, l'avait dénoncé pour l'histoire du lézard.

– Bref, glissa Mariano, un enfant normal.

– Normal, bien sûr. – João Pedroso sourit pour la première fois, détendu par le souvenir de son cousin. – Mais je doute que tu continuerais de le classer de cette façon s'il passait une journée chez toi. Enfin, je vous ai raconté tout ça pour que vous ayez une idée de comment était Alberto à cette époque. Et voilà que, à la fin du deuxième jour de punition, ma mère au cours du dîner parla mine de rien de Noël à mon père et, de retour à la chambre, je racontai à Alberto ce qu'elle m'avait dit précédemment à propos de cette histoire vraiment palpitante. Alberto faillit s'étrangler de rire et se moqua de ma crédulité : « T'es idiot ou quoi, João ? Le Père Noël c'est nos parents ! Elle t'a raconté cette histoire pour que tu sois un bon petit garçon, sage comme une image, qui ne la mette pas en colère. Elle trouve que je suis un gentil petit

Désarroi

garçon ? Je crois au Père Noël ? Alors comment t'expliques que je reçois des cadeaux de Noël chaque année ? Le ballon de foot, le vélo, comment t'expliques ça ? »

» Bon, inutile de vous dire combien cette troisième embardée dans mes croyances, en si peu de temps, m'avait tourneboulé les idées. Donc elle m'avait vraiment raconté des craques. J'ai pensé à ma honte à l'école, aux moqueries, à mes efforts pour la croire, à mes bonnes intentions et je me suis promis à moi-même de ne plus jamais être aussi crédule, pas même avec mes parents. Je promis, dans mon for intérieur, sans rien dire à Alberto, qu'une fois sortis de cette maudite chambre, il ne serait plus le seul à inventer de méchants tours. Simplement, je ferais plus attention, bien plus attention que lui. Non seulement je ferais des blagues, mais je ferais attention à ne pas être soupçonné. Et alors j'aurais un double plaisir, puisque ce serait quelqu'un d'autre qui serait puni. Et pourquoi pas la noiraude à qui je devais d'avoir été enfermé pendant trois jours ? Voilà pourquoi le dernier jour de la punition a été le plus plaisant. Alberto, fatigué de ne rien faire, ne parlait pas, abruti dans un coin, tandis que moi, j'en profitais pour imaginer un tas de petites méchancetés contre tous ceux de la maison, mais surtout comment éviter qu'on découvre l'auteur des méfaits.

» Cette semaine de Noël a été très agitée, à la maison, pour mes parents et pour nous, et maman a fini par téléphoner à l'oncle pour qu'il vienne chercher Alberto, car avec nous deux, elle n'en pouvait plus. Mon cousin parti, délivré de sa présence, j'ai pu goupiller mes alibis plus facilement. Personne n'a compris comment tant de choses marchaient de travers sans cause apparente. Et ç'a été un Noël vraiment bordélique.

– Et on ne t'a jamais pincé ? demanda Ninico d'une voix douce.

– Tu veux dire quelqu'un de la maison ? Maman, papa, les bonnes ? Non. Dans mon idée, j'avais déjà été pris, pas vrai ? Et je ne pouvais me venger qu'à la condition de ne pas payer pour les méfaits que je commettrais, c'était là mon premier et dernier souci, sinon il n'y aurait pas de vengeance. Quelqu'un d'autre, n'importe qui, devait payer le prix, pourvu que ce ne soit pas moi, ou bien les comptes n'auraient pas été réglés. Je me sentais créancier d'un mauvais payeur, vous comprenez ? L'équilibre ne s'établirait que si, ayant été méchant, je recevais mon cadeau de Noël, comme l'avait dit Alberto.

Désarroi

— En résumé, c'est moyennant des actes et non des mots que tu discutais éthique avec ta mère, formula Mariano.

— Je ne crois pas qu'on puisse ainsi résumer le problème, répliqua Feliciano. À ce stade, il ne s'agissait plus seulement de « prouver » l'existence ou non du Père Noël, ou de l'esprit de la Nativité, comme le veulent certains, mais la valeur pratique du comportement éthique comme source de justice. La vengeance, qui doit équilibrer la balance, nous oblige à entrer sur le terrain de la justice, en tant que compensation au bien et au mal, si j'ai bien compris ta réaction enfantine. Et maintenant nous ne sommes plus sur le terrain de la philosophie, mais de la religion, ou, ainsi que tu le disais au début de ton histoire, de la croyance.

— Mais je pense que c'est de cela qu'il s'est toujours agi, n'est-ce pas ? Je veux dire, l'histoire de João. La discussion éthique a toujours été un outil, non une fin en soi, raisonna Ninico avec la même voix douce, du moment que j'ai dit que le Père Noël n'existait pas. Simplement, je ne comprends pas comment tu peux prétendre prouver son existence.

— Bien, laissez-moi finir l'histoire et vous comprendrez, répondit João Pedroso.

Les souvenirs des facéties enfantines étaient déjà loin, comme tous le perçurent, et un climat tendu pesa de nouveau sur les quatre amis, le bar, la nuit.

– La nuit de Noël est arrivée et je me suis couché de bonne heure, dans une folle expectative, comme vous pouvez l'imaginer. Mais au préalable, bien entendu, j'ai accompli tous les rites annuels que ma mère m'avait enseignés. En faisait partie une grande chaussette accrochée au mur, symbole de la gratitude, la main ouverte à l'offrande. J'ai choisi la plus grande, la chaussette de football que j'aimais beaucoup et je l'ai suspendue à un clou sur le mur du séjour. J'ai eu beaucoup de mal à m'endormir, tellement j'étais excité. C'était en l'occurrence plus qu'un simple Noël. Derrière tout cela il y avait eu finalement beaucoup de souffrance. Mais à sept ans, une insomnie ne dure pas plus de cinq minutes et j'ai dormi comme un ange jusqu'à une heure avancée de la matinée, déjà le soleil entrait par les persiennes, fâché de devoir s'insinuer, comme disait ma mère en me traitant de paresseux. Au réveil, j'ai sauté du lit, impatient, et j'ai couru pieds nus, en pyjama, au salon où se trouvait l'arbre de Noël. Il n'y avait rien pour moi sous l'arbre décoré. Je n'en croyais pas mes yeux et alors j'ai regardé l'endroit où j'avais laissé ma chaussette de football. Elle

Désarroi

n'était plus là. À sa place il y avait une feuille de papier fixée au clou sur le mur, avec un poème qui disait :

> *J'ai toujours vu les bons endurer*
> *en ce monde de graves tourments,*
> *et à mon plus grand étonnement,*
> *j'ai toujours vu les méchants nager*
> *dans une mer de contentements.*
> *Croyant atteindre ainsi*
> *le bien si mal réparti,*
> *j'ai été méchant, mais j'ai été puni :*
> *en sorte que, rien que pour moi,*
> *le monde a retrouvé son arroi.*

– *Le Désarroi du monde*, cria Ninico, le message de Camões est clair : il n'y a pas de justice en ce monde, sauf pour lui, paranoïaque qu'il était. Comme vous voyez, j'avais raison, le Père Noël n'existe pas, dit-il en lançant un éclat de rire triomphant.

– En ce cas, cria Feliciano, couvrant le rire de Ninico, qui a fixé le billet au clou et emporté la chaussette ? Tu considères seulement la signification du billet et pas son existence ! Ton analyse a été partielle, donc le Père Noël existe ! conclut-il, victorieux.

– Et donc, reprenons notre discussion stupide ! dit Mariano, de plus en plus sceptique. Qu'importe qui a accroché le billet au clou, la mère ou le père de João, pour le punir de ses actes ? Quelqu'un d'autre ? Comment en déduire l'existence du Père Noël ?

– Par le billet lui-même, mon vieux. Il est écrit dans un dialecte esquimau oriental qui, selon le linguiste de l'université, n'est parlé que dans une région déterminée du pôle Nord, dit João Pedroso, fatigué, les traits tirés, en posant le papier jauni par le temps sur le marbre rugueux de la table du bistro.

A, b, c, d…

Paulo Coelho

« La foi est toujours vivante dans le cœur des hommes », se dit le curé en voyant l'église bondée. C'étaient des ouvriers du quartier le plus pauvre de Rio de Janeiro, réunis cette nuit-là avec un seul objectif en commun : la messe de Noël.

Il en fut réconforté. D'un pas digne, il gagna le milieu de l'autel.

– A, b, c, d…

C'était, semblait-il, un enfant. Qui perturbait la solennité de l'office. Les assistants regardèrent derrière eux, mécontents. Mais la voix continuait :

– A, b, c, d…

– Arrêtez ! dit le curé.

Le gamin parut s'éveiller d'une transe. Il lança un regard craintif autour de lui et son visage s'empourpra de honte.

A, b, c, d…

— Qu'est-ce que tu fais ? Tu ne vois pas que tu troubles nos prières ?

Le gamin baissa la tête et des larmes roulèrent sur ses joues.

— Où est ta mère ? insista le curé. Elle ne t'a pas appris à suivre une messe ?

Tête basse, le gamin répondit :

— Excusez-moi, mon père, mais je n'ai pas appris à prier. J'ai été élevé dans la rue, sans père ni mère. Aujourd'hui c'est Noël et j'avais besoin de causer avec Dieu. Je ne connais pas la langue qu'Il comprend, alors je dis les lettres que je sais. J'ai pensé que, là-haut, Il pourrait prendre ces lettres et s'en servir pour former les mots et les phrases qui lui plaisent.

Le gamin se leva.

— Je m'en vais, dit-il. Je ne veux pas gêner les personnes qui savent si bien communiquer avec Dieu.

— Viens avec moi, répondit le curé.

Il prit le gamin par la main et le conduisit à l'autel. Puis il se tourna vers les fidèles.

— Ce soir, avant la messe, nous allons réciter une prière spéciale. Nous allons laisser Dieu écrire ce qu'Il veut entendre. Chaque lettre correspondra à un moment de l'année, où nous réussirons à faire une bonne action, à lutter avec courage pour un rêve ou à dire une prière sans mots. Nous allons Lui demander de mettre en ordre les lettres de notre vie. Nous allons former des vœux afin que ces lettres Lui permettent de créer les mots et les phrases qui Lui plaisent.

Les yeux fermés, il se mit à réciter l'alphabet. Et, à son tour, toute l'église répéta :

– A, b, c, d...

Strippers

Naum Alves de Souza

Théâtre *N-E-O-N*

Une petite salle minable, craspec, malodorante, l'entrée décorée de festons défraîchis en similimétal verts et rouges. À la caisse, accrochée de travers sous une figure de Père Noël en carton, une pancarte :

JOYEUX NOËL
Rangs de A à D : 8 R
De E à M : 5 R
De N à Z, banquettes pour couples : 10 R
Shows permanents, sans entracte
De midi jusqu'au dernier client

Strip-teases, assurés par une troupe nombreuse. Et live show couples hard, spectacle qui ne se donnait pas tous les jours, car cela dépendait toujours

Strippers

de l'état physique de l'équipe masculine qui était mise à rude épreuve, travaillant dans deux théâtres et une boîte, chaque nuit.

Derniers jours avant Noël.

Lundi 19

À peine les portes ouvertes, entrèrent les habitués, les « abonnés » qui passaient là la journée et que les filles connaissaient bien : le « Pépé », un petit vieux bas-duc, japonais, qui parlait mal le portugais, casquette vissée sur la tête jusqu'aux oreilles, père du patron qui, craignant de le laisser à la maison, l'amenait au théâtre ; les jumeaux obèses, toujours beurrés, bruyants et rigolards, en bermuda et tennis, tirant la langue *à la* Michael Jackson ; la « Limace », un type ignoble, visqueux, dur à larguer quand il vous tripotait, l'haleine toujours chargée de *cachaça* ; et les quatre ploucs, dont le « Beau gosse », qui avaient loué pour un mois les quatre fauteuils du milieu au premier rang ; et Gueule-de-curé, un jeunot pâlichon, ongles manucurés, cheveux bien coupés, costume bleu marine et cravate, ne souriant jamais, pur désir et compétence, n'arrêtant pas de consulter sa montre.

Le show commença mollement, avec une brune courtaude, musclée, le visage hargneux, qui ne souleva aucun enthousiasme et sortit de scène en insultant les quatre ploucs qui n'avaient même pas essayé de la peloter.

Ensuite on annonça don Gonçalo. Soi-disant argentin, un type débectant, avec une haleine qui puait jusque dans la salle. Le teint jaunâtre, un air vicelard, le visage creux, il entra en traînant sans la moindre délicatesse une petite guenon affublée d'un bikini rouge et d'un bonnet de Père Noël, Demimor – c'était le nom de la malheureuse. Don Gonçalo tira un harmonica de sa poche, joua une valse ringarde et la petite bête dansa. Elle prit la pose dans l'attente d'applaudissements, mais la salle semblait endormie. Obéissant à un signe du dresseur, le disc-jokey envoya *Je t'aime, moi non plus*. La guenon exécuta un strip-tease maladroit et à la fin, toujours bien dressée, elle exhiba, tout en découvrant les gencives, ses parties intimes au public. Lequel, allez savoir pourquoi, se réveilla indigné et expulsa dresseur et guenon par des jets de boîtes de bière vides et des insultes aussi ordurières que tonitruantes.

Strippers

Là-dessus, pendant le numéro « fort et réaliste », selon les mots du présentateur, d'un bureaucratique et pudibond duo féminin, annoncé par erreur comme « féministe », tous virent le propriétaire japonais passer en courant et en gémissant, la bouche et la main en sang. Certains ricanèrent et en déduisirent, par les cris et les mots entrecoupés qu'il proférait, que, si le sang coulait, c'était l'œuvre tant de don Gonçalo que de l'obéissante guenon Demimor.

Puis une série de strip-teases, presque tous sans charme, sauf celui de Natasha, l'« Étudiante », une brune fougueuse et violente, qui démontrait, par ses pas de danse, qu'elle avait des notions de ballet classique. Les hommes avaient peur de la peloter. Mais il y avait moyen de moyenner : il suffisait de lui tendre un billet roulé : elle y jetait un coup d'œil et évaluait. Si cela en valait la peine, elle attrapait le petit rouleau grâce à des techniques très spéciales qui suscitaient un délire d'applaudissements.

Après le numéro de Natasha, un couple se livra péniblement à des ébats hard. La scène, présentée à la lumière noire avec stroboscope qui clignotait, ne convainquit personne. Résultat : un concert de huées et de sifflets. À ce moment-là, la moitié du théâtre était occupée.

Naum Alves de Souza

On annonça alors l'attraction suivante, une nouvelle fille – pour les non-assidus, de la chair fraîche « sculpturale ». Les « abonnés » l'avaient déjà vue les jours précédents, pendant sa période d'essai. Cris, la Bahianaise, une blonde oxygénée qui travaillait depuis deux semaines seulement, savait que, vaille que vaille, elle devait faire ce que le Japonais et le « chorégraphe » lui avaient appris : bisous du bout des lèvres, langue aguicheuse, mines excitées, déhanchements au milieu et grandes enjambées d'un bout à l'autre de la scène, arrêt pour un frotti-frotta vertical sur les colonnes grecques du décor, dégrafage du soutien-gorge qu'il fallait ensuite faire tournoyer en l'air avant de le jeter derrière soi. Tant pis pour la fille s'il volait jusqu'à la salle ! Pas question de le récupérer. Les fauteuils, tous défoncés, étaient occupés par des tarés tout prêts à attraper et renifler ces quelques centimètres de lycra trempé de sueur. Ensuite, après un autre arrêt-frotti au milieu et quelques entrechats pataux, venait le plus difficile : l'excursion entre les rangées de spectateurs, c'est-à-dire mains baladeuses par-ci, suçons et baisers de bouches baveuses par-là. Il fallait être experte pour se prémunir contre les audaces abusives. Et cela, personne ne l'enseignait : chaque fille devait se défendre et imposer son style.

Strippers

À son dernier passage, au moment où elle descendait l'escalier pour terminer son numéro dans la salle, Cris sentit une langue humide lui lécher l'oreille. C'était Gueule-de-curé qui lui demanda de but en blanc :

– Où est-ce que tu vas passer Noël, Bahianaise ? Tu sais, je t'ai demandée en cadeau au Père Noël.

Elle avait peur de cet homme, toutes les filles le trouvaient bizarre. Tard dans la nuit, à la sortie du théâtre, tout en se grattant à cause d'une puce dans son *fuseau*, elle inspecta les alentours pour voir si personne ne la suivait et elle alla directement, pleurant en pleine rue, angoissée, à la boîte du frère du Japonais. À un carrefour, un groupe de l'Armée du Salut chantait et recueillait des dons, elle ne lui jeta ni un regard ni la moindre piécette. Arrivée à la boîte, elle ne parla avec personne, client ou collègue. Elle mangea des cacahuètes, du pop-corn froid, but toute seule et finit par dormir sur place, grâce à la gentillesse du veilleur de nuit, allongée sur une banquette de skaï. Elle rêva que le Japonais la vendait à Gueule-de-curé et que celui-ci l'emmenait pour être exorcisée à l'Église universelle du Royaume de Dieu.

Naum Alves de Souza

Mardi 20

En début d'après-midi, Cris, déjà costumée en chauve-souris, attendait dans la coulisse exiguë le moment d'entrer en scène. Elle agrafait son soutien-gorge mais, distraite, elle faillit se brûler une fesse au réchaud où on gardait au chaud le café. C'est alors qu'elle se souvint de Gueule-de-curé. Nadia, maillot tigré et cuissardes noires, avant d'entrer en scène sur une musique de Sade, eut le temps d'entendre une partie du cri du cœur sincère qu'elle laissa fuser :

– Je hais Noël ! Si je pouvais, je prendrais des cachets bien forts et je me réveillerais seulement deux jours après le nouvel an. Je sais pas ce que j'ai là, là dans la poitrine, qui me serre, qu'est-ce que c'est, bon Dieu ! J'aime pas Noël !

Deusa, l'effeuilleuse qui venait de sortir de scène, encore à poil, oxygénée comme Cris, l'entrejambe en feu à cause de sa récente épilation, furieuse contre un croulant dans la salle qui, non content de lui peloter les nichons et la croupe, avait dépassé les bornes, entendit et riposta, mortelle comme une balle de revolver :

– Que Dieu te punisse et t'envoie la maladie !
– Que Dieu me protège ! Et si tu parles encore

Strippers

de maladie, je le dis au Japonais. Pourquoi t'arrêtes pas d'en parler ? Tu l'as pas entendu crier qu'il foutrait à la porte celles qui parleraient de maladie ici ? Tu veux faire peur aux clients, c'est ça que tu veux ? Déjà que je suis pas bien, tu veux m'enterrer ?

— Laisse tomber, ma poule. Je suis de ton côté.
— À voir. T'as un problème avec moi ?
— Non, c'est après le Jap' que j'en ai. Il a dit qu'il va pas fermer le théâtre le jour de Noël, paraît qu'y a des tas d'hommes seuls à glander dans les rues, il compte faire un max de recette. Il m'a même demandé de penser à un numéro qui rappelle la date.

— Il va vouloir qu'on se déguise en Père Noël !
— Ou en arbre de Noël. Les clients vont se servir de leurs boules pour décorer les filles !

Un fou rire les prit.

— T'as pas de mentalité, Deusa !
— De temps en temps, faut bien qu'on rigole un peu, Cris !
— Tu sais, Deusa, moi je m'en fous de bosser à Noël. C'est p't-être l'occasion de soutirer des gros biftons à ces tarés.
— Pas moi. J'ai déjà tout combiné avec ma sœur. Je me suis même acheté une robe bon chic, bon

genre, boutonnée jusqu'au cou. Elle veut que j'aille la voir chanter dans la chorale de son église.

– Elle fréquente l'Universelle ou celle de la Résurrection ?

– L'Universelle. C'est là que tout le monde va, même des filles d'ici. Qu'est-ce que je peux faire ? C'est chez elle que mon gamin dort pendant que je travaille.

– Ah, je m'imagine en bikini rouge et bonnet de Père Noël sur la tête, tu vois le tableau ?

– On va te prendre pour la guenon !

De nouveau, elles éclatèrent de rire.

– Mon Dieu ! Suffit que commencent ces histoires de Noël, les décorations, les musiques, les publicités, et me vlà complètement vidée, découragée. Tu sais, Deusa, quand j'étais petite, j'étais une gamine bien élevée, tu me crois ? Maman, quand elle était pas encore évangélisée par les parpaillots, emmenait tous ses enfants à la messe de minuit. Alors on écoutait cette histoire de la naissance de Jésus, de l'étoile, des Rois mages, de tout ça. Et puis quelques mois après venait la semaine sainte. Ô Père ! Ils ont crucifié Jésus ! Je comprenais pas quand ils disaient que c'était pour nous sauver. Je devenais triste, je me rappelais le petit enfant qui était né à Noël, je l'imaginais cloué sur la croix, ça me rendait malheureuse, tu peux pas savoir ! Et puis j'ai grandi, j'ai quitté la maison, cette bande de fanatiques ! Mais l'angoisse de Noël, elle m'est jamais passée.

— Et comment t'es venue atterrir ici ?

— C'est la vie. Mais tu sais qu'y a des jours où j'aime ça. J'ai même couché avec des types sympa. Et puis ce que je trouve chouette, c'est mettre un costume, danser, voir tous ces bonshommes qui crient, veulent me toucher. Dieu me pardonne, mais j'aime ça. J'aime ça, oui, j'aime ça ! Ce serait pire si je mentais. Je fais pas partie de celles qui disent qu'elles font ça parce qu'elles trouvent pas de travail. Moi, qu'on me manque de respect, c'est la seule chose qui me défrise.

— Moi c'est pareil. Quand ils abusent, je cogne et je les insulte. Un jour, j'ai donné un coup de pied à un Coréen. Quand le Japonais est venu m'engueuler, j'ai cru que le Chinetoque c'était son frère. Pour moi, Chinois, Japonais, Coréen, c'est tous les enfants de la même putain !

— Ta mère est au courant, Deusa ?

— Tu rêves ! Elle sait même pas que je danse, et si elle savait le reste, elle mourrait avant son heure. Ma sœur qui s'est faite protestante est vaguement au courant, mais elle en parle à personne. De temps en temps, elle me donne des brochures et me dit qu'il est encore temps de me sauver. Ce qui compte pour moi, c'est pouvoir en mettre encore plus de côté pour mon gamin. Et ma sœur qui dit que je dois donner tout ce que je gagne à Jésus !

— Je connais le truc. C'est le pasteur qui se garde tout le fric. Jésus est pas du tout au courant de ce qu'ils font en son nom. J'ai vu à la télévision le stade du Pacaembu bourré à craquer ! Les aides du pasteur en sont sortis chacun avec un sac plus grand que le mien, rempli de l'argent des bigots. Comment c'est possible ?

— Cris, tu sais qui c'est qui dois se ramasser des gros paquets sans se fouler ? Ces filles qu'on voit dans les revues porno…

— Ça c'est totalement dégueulasse, Deusa ! J'aurais jamais le courage.

— À se demander si elles ont père et mère. T'imagines ma mère ouvrir une de ces revues et me voir les cuisses écartées, et en plus me voir sourire ?

Toutes deux de nouveau éclatèrent de rire.

— Tu t'appelles pas Deusa ?

— Et toi, Cris, c'est un nom de guerre ?

Deusa montra sa carte d'identité. Nom : Santana. Prénoms : Odisséia Régia. Nom de scène : Deusa Régia, conseillé par une collègue.

– Odisséia, ici à São Paulo, c'est pas un nom d'artiste.

Cris, pour la même raison, avait troqué Arquimédia pour Cris, plus distingué. Et qu'elle écrivait : Chrys, avec h et y.

– Le coiffeur qui m'a décolorée s'y connaît et il m'a promis beaucoup de bonheur dans la vie si je mettais un h et un y. C'est pas facile à écrire, mais je m'applique et j'ai confiance !

Toutes deux touchèrent du bois et sourirent. Chrys, soudain, prit un air préoccupé.

– Je meurs de peur d'attraper la maladie, Deusa.
– Moi aussi, Chrys.

Mercredi 21

Chrys, qui avait déjà bien du mal cette semaine-là à surmonter sa déprime de Noël, prit un nouveau coup sur la tête : le contrôle sanitaire et un commissaire confit en dévotion charismatique, mobilisés par don Gonçalo, le proprio de la guenon, afin de se venger du Japonais, fermèrent le théâtre et exigèrent que les filles présentent un certificat médical attestant qu'elles étaient saines, sinon elles ne pourraient plus continuer à travailler.

Naum Alves de Souza

Le jour même, la plupart se rendirent à des consultations publiques, mais beaucoup furent découragées par les files d'attente, la mauvaise volonté, l'inefficacité. Certaines disparurent, ce qui ne laissa pas d'inquiéter leurs relations.

Deusa dit au revoir à Chrys et aux autres filles :
– Ma bonne sainte de sœur m'a dit qu'elle me procurera gratis un examen et un certificat des médecins de son église. L'embêtant c'est que je dois y aller personnellement.

Chrys prit son souffle pour faire le tour des bars proches du théâtre et elle finit par trouver Gueule-de-curé dans une pharmacie. C'est à lui qu'elle demanda de l'aide. Qu'importe qui il était, mais c'était le seul type un peu civilisé qu'elle connaissait. Sur-le-champ, il se rendit à une cabine et téléphona à son frère médecin pour lui expliquer qu'il avait besoin d'une faveur pour sa domestique. Ce qu'il ne savait pas, c'était que son frère, au chômage depuis peu, recevait maintenant un salaire directement de la cassette du Grand Évêque.

Le soir même, il alla chercher le certificat au dispensaire indiqué. Là, il fut reçu par un groupe d'officiants compréhensifs, forte musculature et voix flûtée, qui lui lavèrent le cerveau. Son frère,

Strippers

déjà sauvé et voué au christ de l'Évêque, avait transmis sa fiche.

D'abord un accueil amical, avec maté et biscuits à la maïzena. Puis de subtiles questions sur sa vie personnelle. Ensuite des libelles contre kardecistes, catholiques, macoumbeiros, protestants d'autres sectes et terrifiantes descriptions de malheurs, crimes, maladies vénériennes, vices – bref, l'enfer ici même, sur Terre.

Sans lui demander son avis, ils prièrent ensemble pour lui un bon moment. Gueule-de-curé, de toute évidence, n'était pas un type équilibré. Briser sa fragile structure fut facile – comme avaler une sucrerie pour un enfant. Ariovaldo, c'était son prénom, pleura, se jeta à terre, pris de convulsions, les yeux révulsés, et il se repentit, même de fautes qu'il n'avait pas commises. Les pasteurs, exorcistes renommés, lui donnèrent l'absolution pour tous ses crimes, y compris la pédérastie, péché qu'il ne lui était jamais venu à l'idée de commettre. Ariovaldo, dûment ressuscité, après avoir juré de ne plus encourir la colère de Dieu, sortit de là fermement décidé à arracher Chrys à sa mauvaise vie. Ce serait son cadeau de Noël. Une fois exorcisée, ils pourraient même se marier. Il était vraiment fou d'elle. Hier dans le mal, aujourd'hui dans le bien.

Naum Alves de Souza

Jeudi 22

Pour ne pas l'effaroucher de prime abord, il lui remit le certificat fourni par son frère sans exiger d'examen. Chrys, euphorique, ne lésina pas : elle lui roula une pelle qui le laissa pantois. Il se dégagea brutalement, sans même comprendre qu'elle n'en soit pas fâchée, heureuse qu'elle était de pouvoir continuer à vivre sa vie d'artiste.

Même avec une troupe réduite, à dix-huit heures pétantes, le Japonais, se grattant la tête à cause des préjudices qu'il subissait, donna l'ordre à Chrys d'attaquer le show.

Ce soir-là, les clients s'étaient ramenés en traînant les pieds, cette histoire d'examens médicaux leur avait rappelé la maladie et pour tout dire l'enthousiasme n'était pas à son comble. À chaque strip-tease, les filles à poil distribuaient des feuilles volantes mal imprimées annonçant les attractions du samedi 24. Cadeau du Père Noël : cuisses de dinde et champagne servis « sur canapé », c'est-à-dire à même le corps et l'intimité de ces demoiselles.

Deusa ne s'était pas pointée. Est-ce que par

Strippers

hasard elle n'aurait pas obtenu le certificat promis par les gens de l'église de sa sœur ? Elle aurait fait un examen et découvert qu'elle avait la maladie ? Les on-dit couraient dans les coulisses.

Pendant son numéro, Chrys ne parvint pas à sourire. Elle enchaîna les gestes automatiquement, au bord des larmes. À l'entracte, elle alla demander au Japonais s'il savait quelque chose, et de tout ce qu'il dit, en postillonnant et gesticulant, elle ne comprit que le mot « Clisto » que l'homme répéta avec rage.

Gueule-de-curé assista au show d'un bout à l'autre, mais les filles furent d'avis qu'il n'avait pas l'air d'être dans son état normal. Natasha, l'Étudiante, alla jusqu'à s'en préoccuper :

– Qu'est-ce qui lui arrive ? Il a peloté personne. Je suis passée tout près de lui, je l'ai provoqué et il a gardé les yeux fermés. Je lui ai pris la main, je l'ai fourrée entre mes cuisses et ce connard l'a retirée tout de suite ! Et puis tu sais, Chrys, pendant que tu dansais, on aurait dit qu'il priait ! Je te le dis comme ça, mais fais gaffe, ma poule !

– À mon avis, il a été trop bien élevé.

Gueule-de-curé sortit dès la fin du show et demanda à parler au Japonais dans son bureau, seul à seul.

– Je veux arracher Chrys d'ici.
– Quoi ?
Le Japonais manqua tomber de sa chaise. Gueule-de-curé répéta calmement :
– Je veux arracher Chrys de cet antre. Dites-moi votre prix.

L'Oriental, dans son mauvais portugais, essaya *grosso modo* de dire ceci :
– Elle doit encore me rapporter un bon paquet. J'ai dépensé beaucoup d'argent pour elle : costumes, dentiste, coiffeur, cours de danse. Elle ne savait rien, c'était une cloche, une paumée.
– Je paie tout. Combien ?
– Quarante mille !
– C'est beaucoup.
– Trente-huit pour enlever la marchandise.
– Vingt-cinq comptant ! Marché conclu ?
Le Japonais donna un coup de poing sur la table.
– Trente, à prendre ou à laisser !
Gueule-de-curé sortit de ses poches plusieurs liasses de billets qu'il compta un par un devant le Japonais médusé. L'opération terminée, il dit d'une voix froide et calme :
– Je veux un reçu.
– Un reçu pour cette greluche ?
– Prenez une feuille de papier et écrivez.

Strippers

Le Japonais prit un air embarrassé.
– J'écris pas bien le portugais.
– Aucune importance. Je vais vous dicter, lentement.

Par la présente – je déclare – que j'ai vendu – le corps et l'âme – d'Arquimédia – dos Santos – professionnellement – et artistiquement – dénommée – Chrys – à monsieur – Ariovaldo – Benites – avocat – qui fera – d'elle – ce qui lui – conviendra. – Pour cette – transaction – j'ai reçu – la somme – de 30 000 – réaux.

São Paulo, 22 décembre 1995

(signature du Japonais, qui s'appelait Goro Miyake)

Gueule-de-curé prit le papier, le plia, le mit dans son portefeuille et dit au Japonais, avant de sortir :
– Je veux que vous la renvoyiez aujourd'hui même. Et pas un mot sur cette transaction.

Le Japonais convoqua Chrys à son bureau et lui signifia son renvoi. Elle encaissa le coup. Goro Miyake fit comme monsieur Ariovaldo Benites lui avait demandé : tout sourire, il la mit à la porte sur-le-champ, sans lui donner la moindre explication.

Chrys, à peine sortie, se sentit de nouveau Arquimédia. Après avoir fait quelques pas, elle fut abordée par une femme dont l'aspect lui parut familier. C'était Deusa et ce n'était pas elle. Vêtements sombres, manches longues, corsage boutonné jusqu'au cou, en pleine canicule de décembre, cheveux noirs réunis en tresses sur le haut de la tête, cette femme ressemblait à Deusa. C'était peut-être sa sœur, la bigote ? Chrys se laissa aller à sangloter sur l'épaule de l'inconnue – qu'elle croyait reconnaître. Elle pleura, pleura, à croire qu'elle n'allait jamais s'arrêter.

– Pleure, ma fille, pleure toutes les larmes de ton corps. Laisse sortir toute la mauvaiseté qui est en toi.

Chrys reconnut la voix de Deusa.

– Je peux pas le croire, Deusa. Qu'est-ce qui t'est arrivé ? T'es malade ! C'est vrai que t'as attrapé la maladie ?

– C'est Deusa, la pécheresse, qui l'a attrapée, mais celle qui hier est ressuscitée, Odisséia Helena, jamais elle ne l'attrapera !

– Arrête, je comprends rien !

Elle donna une bourrade à Deusa et cavala comme une folle dans la rue en criant :

– C'est Noël ! C'est le bouc de Noël !

Strippers

Deusa, alias Odisséia Helena, perdit l'équilibre, boula par terre, se cogna la tête contre le bord du trottoir et s'évanouit. Chrys, sans regarder en arrière, fonça droit devant elle. Elle aperçut Gueule-de-curé planté devant un lampadaire, elle l'agrippa sans cesser de crier :

– C'est Noël, c'est le bouc de Noël !

Gueule-de-curé, oubliant incontinent les dangers et les masques de la tentation, conduisit Chrys à son appartement. Les larmes ne tardèrent pas à sécher, car Chrys n'avait pas la moindre vocation pour l'affliction, et elle demanda s'il y avait quelque chose à boire. Lui, sauvé et ressuscité de fraîche date, n'avait pas encore eu le temps de se défaire de ses posters et cassettes érotiques, ni des bouteilles du petit bar. Chrys, très à l'aise, brancha la radio et évita bien sûr de capter hymnes et chants de Noël.

– Comment c'est ton vrai nom ?
– Gueule-de-curé.
– Menteur !
– Mon petit nom, c'est Ariovaldo.
– C'est un prénom rigolo !
– Vous trouvez ?

Allumée par la musique et surtout par sa profonde vocation, Chrys entama un strip-tease. Ariovaldo oublia frère, pasteurs, ciel et enfer, repentir, promesse de renoncer aux péchés de la chair. Incroyable mais vrai, Chrys fut sa première femme.

Vendredi 23

Tous deux ne quittèrent pas l'appartement, même pas pour sortir le sac-poubelle.

Samedi 24

Bras dessus, bras dessous, ils se promenèrent dans les rues commerçantes du centre et firent leurs achats de Noël : petits cadeaux, bonne bouffe et boissons variées. À l'heure du réveillon, Chrys dit qu'elle aimerait bien reprendre son travail et Ariovaldo promit d'en parler au Japonais.

Dimanche 25

Au petit matin ils furent réveillés par la sonnerie stridente et insistante de l'interphone. C'était le frère médecin, accompagné d'une couple de pasteurs. Ariovaldo menaça d'appeler la police s'ils persistaient à vouloir monter.

— Je vais porter plainte pour violation de domicile et atteinte à la liberté de culte.

— Tu es devenu dément, Ariovaldo ?

— Non, enfin je suis normal.

— Normal ? Qu'est-ce que ça veut dire ? Si j'en juge par le ton de ta voix, tu m'as l'air plutôt guilleret.

— Vachement content. Pourquoi être triste ? La mer de l'histoire est agitée.

— *Vade retro !* Maïakovski ! Comment oses-tu citer ce Russe communiste ?

— Alors, tu te rappelles ?

— Bien sûr que je me rappelle. Comment pourrais-je oublier : je viens de renaître !

— Tu n'as rien compris. Et je pense que tu ne vas jamais comprendre. Joyeux Noël, mon cher connard de frangin ressuscité !

Il raccrocha l'interphone et replongea dans les bras de Chrys.

— Joyeux Noël, Chrys.

— Le bouc de Noël est passé. Joyeux Noël, Gueule-de-curé !

Naum Alves de Souza

P.S. :

Chrys reprit son travail de strip-teaseuse.

Ariovaldo perdit sa mine de curé en même temps que toutes ses économies. Mais il estima que cela valait la peine de les donner au Japonais plutôt qu'à l'Évêque. Il adopta le gamin de Deusa, lui dégota une garderie et administra la vie de tous.

Deusa, au moment où elle avait cogné de la tête le bord du trottoir, s'était évanouie et elle avait été transportée à l'hôpital où elle était restée jusqu'après le nouvel an. Elle se réveilla bien changée, repentie de son repentir forcé. Elle envoya sœur et « frères » au diable et reprit son travail au théâtre. Mieux encore : elle n'était absolument pas contaminée par la maladie. Pure machination des parpaillots.

Le père de Goro, le Japonais de la boîte, avait de solides relations. Don Gonçalo fut « radié » avec une parfaite efficacité. Personne ne regretta son absence et aucun journal ne signala la moindre disparition.

Demimor, la guenon, eut plus de chance : on la retrouva attachée au portail du zoo avec un billet : « Attention, cette fille de pute ne vaut rien ! »

À chacun son péché, tous pourront passer maints

Strippers

joyeux Noëls en attendant, comme de simples mortels, le fameux jour du jugement dernier.

(Tels sont les vœux sincères de l'auteur de cette histoire.)

Belle dame

Nelida Piñon

Elle le quitta la semaine qui précédait Noël. Elle ne dissimula pas à l'homme la grande valise qui contenait ses affaires. Fruit de son travail et de sa frustration. Tous deux s'étaient toujours nourris d'orgueil et de ratages amoureux. Jamais n'avait surgi entre eux la menace des larmes. Quelques jours auparavant, pressentant son départ, Pedro avait ébauché la contrefaçon d'un nouveau langage.

Dans la chambre plongée dans le noir, sa voix avait eu des accents lugubres. Sur un ton psalmodié, il avait parlé comme s'il compensait les années de silence. Il avait toujours eu les lèvres cousues. Sa bouche était un puits où s'abritaient des poissons aux gueules pâles, des pièces de monnaie oxydées dans les eaux du quotidien, des aiguilles qui autrefois avaient faufilé le linceul de leur mariage.

Tout en suffoquant, plongé dans la déréliction,

Belle dame

il murmurait, sans savoir si elle l'entendait : il était un étranger sur l'unique terre qui lui restait. Quelque femme qu'il aimât, ce serait avec une fureur d'apatride. Unique consolation pour qui avait perdu le plaisir de consumer les jours sur la place de sa ville d'origine. En sa compagnie, toutefois, il avait monté le campement, allumé le feu et grillé les marrons les nuits de Noël.

Aux yeux de la femme, insensible aux confidences tardives, l'homme apparut en fait comme un étranger, qui certes bougeait encore sa langue, mais dont le corps depuis longtemps avait plongé dans la solitude. Elle se demanda si par hasard les phrases de son mari n'appartenaient pas au poète, le voisin du septième étage. À l'approche de Noël, il allumait simultanément les lumières de l'imagination et de la façade de l'immeuble. Poussé par l'émotion que suscitait la nuit où l'Enfant Jésus naissait parmi la mansuétude des vaches, il distribuait des préceptes destinés à promouvoir la fraternité universelle. Selon l'artiste, les mots méritaient une destinée amène.

Les amis apprirent la désertion de la femme, qui s'appelait Ana. Dernier lien entre l'Ancien et le Nouveau Testament. Après Ana se succédaient Marie, Joseph, Jésus. Pedro profita de cette fuite pour laisser s'instiller en lui un certain soulagement. Depuis longtemps leur pesait la croix de la vie commune. La femme, vaillamment, avait porté le fer dans le fardeau commun, les allégeant de toute peine.

— Et à Noël, est-ce que nous mangerons les marrons avec toi ou avec Ana, qui s'est déjà installée dans un appartement et fait chaque jour du jogging sur la plage ? Elle est plus belle que jamais.

En entendant les accords de cet évangile, Pedro manifesta l'envie de se faire beau, pour de bonnes raisons. La nuit de Noël, de nature identique, serait placée cette fois sous la sauvegarde de la passion. Toutefois, l'aimée était un mystère. Il la sentait frémir dans sa poitrine. Tout son être blessé par le vent impétueux. Mais il promettait de révéler son nom le jour des Rois. À cette date, l'Europe répartissait casuels et régals. Et où donc passerait-il Noël ? Cette femme allait-elle l'entraîner au fin fond du Brésil ? Ses amis ne voulaient pas qu'il se sente esseulé, en proie aux papillons noirs. Il fronça les sourcils. Comment ses amis pouvaient-ils douter de la conquête de Gália, qui incarnait la femme ? Enfin, il inaugurait une nouvelle vie, et il étouffa son chagrin entre rires et plaisanteries.

Absorbé dans des pensées automnales, il décou-

Belle dame

vrit des billets disséminés dans la maison. Les avait-il écrits, ou bien l'âme en feu de la femme de ses rêves les avait-elle laissés sous le paillasson de l'entrée ? En général, ils proclamaient : Paix sur la Terre aux hommes de bonne volonté.

Lus au téléphone, ils avaient la saveur de l'intransigeante nouveauté. Au marché, il acheta les ingrédients qui constituaient la mémoire du réveillon. Il décora la maison avec des guirlandes, pensant à la visite. L'arbre de Noël, sans les ornements d'Ana, lui rappela une âme en peine. Il demanda à la bonne de lui préparer le jambon cuit, la *farofa* aux œufs et aux pruneaux, la salade de pommes de terre. Les rôties et les noix satisferaient l'ambition du cœur humain.

À huit heures, avant que la femme n'officialise sa présence en apportant les fleurs jaunes qui lui plaisaient tant, il décida de vivre le deuil de la jubilation. Pourquoi devrait-il retarder les révélations de la nuit de Noël ? Mieux valait absorber immédiatement chaque goutte de sueur qui dégoulinerait du visage sous la fureur de la passion qui fatalement se déchaînerait, sitôt épuisée l'émotion du repas. Pris du désir ardent de se rendre, il goûta le vin rouge. Le liquide vermeil lui tacha les lèvres et l'âme. Il ne les effacerait pas tant que durerait la lente agonie de cette nuit heureuse.

Le téléphone sonna. Tu ne veux vraiment pas venir nous rejoindre ? L'ami lui décocha la flèche de la solitude. Il allégua, comment abandonner la femme de ses rêves ?

– Sacré malin, dit l'autre, se livrant finalement à l'envie qu'il ressentait, tandis qu'il explorait les sentiers qui abâtardiraient l'amour.

Il y avait, sur la table couverte de mets, deux couverts. Elle n'allait pas tarder à arriver. La sonnette tinta. Était-ce le concierge ou la femme ? Il ouvrit la porte. Passez, je vous en prie. C'est un corps vide qui entra. Sans laisser derrière lui de signes visibles. L'homme referma les bras, étreignant l'air. Sous l'impact de l'atmosphère raréfiée, il écarta la chaise de la table. Il offrait le trône à l'invitée d'honneur. Puis, assujetti au cérémonial, afin que rien ne manquât, il posa la télévision portative, douce entre ses mains, sur la chaise. L'appareil, ployé sous le poids des voix qui sortaient de l'écran, pantelait en sa rythmique humanité. L'homme sourit, amoureux des images colorées qui, de l'écran, lui parlaient de Noël. Jésus prêchant la paix entre les hommes.

À l'heure des agapes, il remplit une assiette qu'il

Belle dame

posa devant la télévision, assise sur la chaise, puis se servit. Il ne détachait pas son regard de l'objet lumineux qui dégorgeait tel un soufflet prodigieux.

– N'oublie pas que je t'aime, dit-il pour la première fois de sa vie.

Il crut entendre la voix de l'animatrice.

– Joyeux Noël. Moi aussi, je t'ai toujours aimé.

Apaisé, il mâchait. La passion était sourde, aveugle et insomniaque. Il oubliait les amertumes. L'orgueil avec lequel il se défaisait sans pitié de la pénurie humaine le consolait.

– Joyeux Noël, belle dame.

Et, soudain, il se mit à pleurer.

L'anti-Noël de 1951

Carlos Sussekind

Dans le document émis par le tribunal pour enfants on lit, à l'adresse de l'agent administratif de la gare Dom Pedro II, à Rio de Janeiro : « Ordre d'émettre deux billets aller et retour de 1re classe, de cette gare à la gare Président Franklin-Roosevelt, à São Paulo, au nom de maître Lourenço Laurentis, curateur de mineurs du District fédéral, et un mineur, qui voyagent en service commandé de cette juridiction. »

Très attentionné, cet agent adjoint qui me reçoit à la gare centrale. Il ne me fait pas attendre. Mais, après avoir tamponné l'ordre de réquisition, il me signifie qu'il ne pourra délivrer les billets que le lendemain, car le règlement de la compagnie ferroviaire stipule que cet ordre doit être présenté trois jours à l'avance et non pas quatre. Donc j'ai fait ma démarche un jour trop tôt. J'évite toute discussion, afin de ne pas susciter d'obstacles ultérieurs.

L'anti-Noël de 1951

L'idée de faire ce voyage en la seule compagnie de mon fils, à qui j'ai promis de ne pas le distraire de ses lectures ni durant le parcours ni de toute la journée (le 25 décembre) que nous passerons à São Paulo, correspond de façon tout à fait satisfaisante à notre conception respective de l'anti-Noël. Nous traverserons la nuit de la Nativité dans le train, sans souhaiter ni bien ni mal à qui que ce soit, lui en lisant et moi en rêvassant. Le 26, nous serons de retour. Nous ne donnerons ni ne recevrons de cadeaux. Le seul cadeau toléré, c'est ce voyage gratuit qui, à vrai dire, n'est pas un cadeau, mais un droit que me confère ma charge de curateur de mineurs. Maître Lourenço et le philosophe Lourenço Jr se donneront du bon temps, tout à leur aise.

Je vérifie que si nous prenions le train de nuit, le « Santa Cruz », en compartiment pour deux personnes, couchettes de luxe, le voyage aller et retour coûterait à l'État le triple du prix de ce trajet assis en seconde. En ce cas nous partirions de Rio à 22 h 30 le 24 pour arriver à São Paulo à 9 heures du matin le 25. Magnifique, sans nul doute. Mais ma conscience répugne à abuser de l'ordre de réquisition qui nous dispense ce luxe de nabab qui resterait à jamais consigné. Contentons-nous de la fraude qui consiste à dire que Lourenço Jr et moi voyageons « au service du juge ».

En tout cas, je m'efforcerai de combiner aller de nuit et retour de jour, comme ultime hommage à mes scrupules. Ainsi l'abus sera moindre et je ne manquerai pas d'offrir à mon fils un voyage reposant. S'il nous fallait aller et revenir de jour – hypothèse la plus économique –, ma conscience en serait allégée, mais je me demande comment réagiraient et son foie et mes reins. Enfin, nous verrons.

Renforcé dans mon optimisme, je fais, après le dîner, pour toute la famille réunie, une description de ce train enchanteur dans lequel nous voyagerons tous deux, le fiston et moi : wagons en acier inoxydable, sièges pivotants capitonnés en daim. Personne debout, tout le monde bien installé, physionomies souriantes. Le convoi glisse sur les rails, sans la moindre trépidation, ni le moindre bruit, ni la moindre escarbille ou poussière qui entre dans le compartiment où l'air qui circule est identique à celui du cinéma Métro, train de cinéma, d'abord vous supposez que c'est à cause de cette journée pluvieuse, mais attendez le prochain arrêt, ouvrez la portière et vous verrez la température de fournaise qui règne dehors. Dans la voiture, cependant, la même inaltérable et suavissime ambiance ! Filles

L'anti-Noël de 1951

et garçons pour se parler s'embrassent. Quand ils ne s'embrassent pas, ils chantent. Un rêve !

En me voyant si expansif, Lourenço Jr fait un commentaire décourageant : il ne va à São Paulo que pour m'accompagner et il ne sait pas, en fin de compte, si cette histoire d'anti-Noël fonctionnera vraiment. Si même l'anti-Noël ne le séduit pas, que peut-on attendre de ce garçon ? C'est sans doute la perspective d'un voyage fatigant. Mais il y a autre chose, je suppose. Quand je lui parle de ce que nous ferons pour connaître la ville, où je n'ai pas mis les pieds depuis 1920 – depuis plus de trente ans, donc –, il me prévient d'emblée : Renonce à vouloir me montrer parcs, avenues, monuments et gens ! Chacun visitera de son côté.

Je vais chercher les billets à la gare. Un autre sous-fifre. Attentionné, comme celui de la veille. Toutefois, il me fait attendre vingt-cinq minutes pour vérifier si la signature est bien celle du juge pour enfants, ce qui ne laisse pas d'être vexant. Il a conclu en disant, fort aimable, que ce n'est que le lendemain, le 22, qu'il pourra me donner les billets, car le règlement parle de « trois jours avant le départ » : puisque nous sommes le 24, les trois jours vont du 22 au 24. Il considère donc le 24

comme étant à la fois la veille et le jour du départ !
J'évite de discuter, etc.

Petits rires du bonhomme quand je lui parle de « train de nuit » et « Santa Cruz ». La réquisition mentionne seulement « billets de première ». Si la mention « de nuit » n'est pas spécifiée, on ne peut sous-entendre que « de jour ». Afin de ne pas embrouiller l'interprétation favorable qui sera donnée à São Paulo, il écrit « tarif de nuit », ce qui me permettra d'envisager un train de nuit au retour. Mais attention, en fourgon, sans couchette de quelque type que ce soit. Et pas même une place assise. Une place assise, même dans le train de jour, doit se payer à part. Nombre limité : soixante à l'aller, soixante au retour. Ce qui signifie que la réquisition du juge pour enfants me donne seulement le droit de « me déplacer » dans le train pour São Paulo et celui de São Paulo à Rio. Il en coûtera à l'État 568 cruzeiros tout ronds. Du coup me paraît d'une infinie drôlerie mon ingénuité : n'ai-je pas parlé d'un « scrupule » à ne pas rechercher un avantage ?... Le gouvernement sait à qui il a affaire. Les crapuleries ne se font pas de cette façon, avec un reçu. Elles se nichent dans d'autres replis.

Je retourne à la gare le jour suivant, juste à l'ouverture des guichets, je suis le premier client.

L'anti-Noël de 1951

Toutefois, je ne peux pas obtenir les places que je demande, c'est-à-dire à l'ombre. « Ici nous ne sommes pas informés si les places sont à l'ombre ou au soleil. Les instructions sont formelles : on doit les délivrer automatiquement, sans aucune intervention de qui que ce soit. » Je m'incline. Il lit la réquisition. L'autre préposé l'a bien datée : 21.12.1951, mais pour ce qui est de la date du voyage, il a écrit, allez savoir pourquoi : 24.12.1952, Erreur palpable, évidente. Mais Son Excellence le préposé au guichet 1 estime qu'il faut procéder à une rectification. Je lui donne raison, derechef. Au guichet 5 officie un autre préposé, et non plus le « fort aimable » avec qui j'ai parlé hier. Il m'objecte que la rectification ne relève pas de sa compétence et que le préposé qui pourrait y procéder ne commencera à travailler qu'à quatre heures de l'après-midi. Je ne puis tolérer une telle absurdité. Je retourne voir le remplaçant du guichet 1. Il m'écoute en silence. Il fait appeler le préposé du guichet 5. Il lui parle. Puis se tourne vers moi, la mine austère : Cet employé a raison. Il ne peut pas rectifier une erreur qu'il n'a pas commise. Mais vous, monsieur, vous n'allez pas payer pour ce qui s'est fait sans que vous y soyez pour quelque chose. Dans ces conditions, monsieur Freitas, occupez-vous de ce monsieur. Si le chiffre peut être modifié, modifiez-le. Sinon, émettez un autre titre de transport.

Et il me tourne le dos. Le chiffre erroné, hélas, ne peut être modifié : après avoir inséré, avec une lenteur calculée, la feuille de papier carbone et fait un « essai », sur un brouillon, Freitas prend solennellement un crayon, écrase la mine, ôte le papier carbone et dit :

– Ça n'a pas marché.

J'attends donc, un quart d'heure, qu'il émette un nouveau titre de transport.

Ce serait justice que mon odyssée alors s'achève. Mais ce n'est pas fini. Je retourne voir le préposé du guichet 1. Il examine les nouveaux titres, me demande ma carte officielle et me dit sèchement : 60 cruzeiros pour deux places assises. Je lui donne l'argent mais demande :

– Qu'est-ce que ces places ont de particulier ?

Il répond instantanément :

– Rien.

– Alors, pourquoi dois-je payer un supplément ? Si je ne paie pas, je voyagerai debout ?

L'homme ajuste ses lunettes sur le nez, pose sur moi un regard serein, réfléchit à ce qu'il va dire, finit par répondre :

L'anti-Noël de 1951

– Oui.

Autrement dit : un fonctionnaire, qui voyage au service de l'État, avec un titre de transport réquisitionné par le juge pour enfants au nom du ministre de la Justice, n'a même pas le droit de voyager assis durant les onze heures du trajet.

Mais ce n'est pas fini. Je demande, délicatement, au dictateur que j'ai en face de moi, si les places 37 et 38 de la voiture B se trouvent ou non à l'ombre. Avec une irritation mal déguisée en calme « supérieur », il me répond :

– Cher monsieur, voulez-vous un conseil ? Demandez à Dieu qu'elles soient à l'ombre, car Lui seul peut décider.

Voilà : la justice divine est rendue d'avance. Quelle que soit la place, ses avantages et ses inconvénients s'équivalent. En onze heures de voyage, de 7 h 25 à 18 h 25, celui qui aura eu du soleil le matin ne l'aura plus l'après-midi et celui qui, le matin, aura joui de l'ombre, s'échaudera au soleil post-méridien.

Nous avons éclaté de rire, lui et moi, pour décharger nos nerfs, évidemment tendus, très tendus. Je vous souhaite un joyeux Noël, très sincèrement. Je peux respirer, ouf ! Les mesures que je devais prendre pour notre anti-Noël, mon fils et moi, sont enfin prises.

Histoire d'un père et d'un fils

Eric Nepomuceno

Au moins une fois par semaine, père et fils traversaient la place et empruntaient la rue des Géraniums. Leur maison se trouvait à trois pâtés de maisons de distance, au-delà de la place de Coyoacán. Ils marchaient lentement. Le père et le petit garçon, âgé de six ou sept ans, ne parlaient guère pendant le trajet. Tous deux avaient l'habitude de s'asseoir à une petite table de la terrasse où ils prenaient leur déjeuner. Parfois le patron du restaurant venait bavarder avec le père. D'autres fois, quelqu'un apparaissait pour partager la table et accaparer l'attention du père. Le petit garçon continuait de manger en silence, à l'écart des présences occasionnelles. Il écoutait la conversation, bien sûr. Mais la plupart du temps, il restait indifférent, mangeant sans rien dire tandis que ses pensées s'envolaient au loin. Tout au début, quand Les

Histoire d'un père et d'un fils

Géraniums étaient une nouveauté, il aimait la cuisine italienne. Au fil du temps et vu le nombre de plus en plus grand d'amis qui s'asseyaient pour bavarder avec le père, l'endroit perdit de son charme.

Un samedi, le père invita son fils à une promenade. Il lui dit que la mère était sortie sans préciser l'heure de son retour et qu'ils déjeuneraient seuls. Le petit garçon dit qu'il ne voulait pas aller aux Géraniums. « Je n'ai pas faim », ajouta-t-il. Le père insista, le petit garçon accepta, mais à une condition : « Je ne vais rien manger. Et pas la peine d'insister : je ne veux pas manger dans ce restaurant. »

Ils marchèrent en silence, ou presque, comme d'habitude. En chemin, le petit garçon demanda une glace. Le père objecta : « Tu n'as pas dit que tu n'avais pas faim, que tu n'allais rien manger ? Si tu veux une glace, ce sera comme dessert. » Le petit garçon répondit qu'en ce cas, il ne la voulait plus. Ils continuèrent leur promenade, traversèrent l'immense place de Coyoacán, du côté opposé à celui de l'église plusieurs fois centenaire, et arrivèrent à la terrasse du restaurant.

Le père commanda une bière glacée, le petit garçon un jus d'orange. Le patron du restaurant s'approcha en souriant et s'assit à côté du père.

Il l'informa que le plat du jour était un civet de lapin, cuisiné avec une sauce au vin et des herbes. Ils continuèrent de bavarder, le père commanda une autre bière, puis une troisième, et dit qu'il allait tâter du civet. Il demanda à son fils : « Et toi, qu'est-ce que tu veux ? » Le petit garçon, la mine maussade, répondit : « Tu le sais bien : je veux m'en aller d'ici. »

Sentant que la conversation pouvait prendre un tour compliqué, le père essaya de composer : « Dès que j'ai fini de déjeuner, on s'en va. »

Le petit garçon répliqua : « Tu manges trop lentement, moi j'en ai marre d'être ici. » C'était un très joli petit garçon, qui parlait d'une voix assurée, en regardant son père droit dans les yeux.

L'ami du père, qui était le patron du restaurant, voulut intervenir :

— Je fais faire un plat de nouilles avec une sauce spéciale pour toi. Une recette que je ne donne à personne. Tu veux ?

Mais le petit garçon trancha :

— Je ne veux pas rester ici, je ne veux pas manger, je veux m'en aller.

Histoire d'un père et d'un fils

Alors le père, cette fois un rien agacé, régla la question :

– Tu veux t'en aller ? D'accord, mais ne t'éloigne pas, il faut que je puisse te voir. Je veux manger en paix.

Le petit garçon n'hésita pas : il parcourut environ vingt mètres et grimpa à l'arbre planté sur le trottoir. Il se jucha sur une fourche formée par une branche basse pas très grosse et ne bougea plus. Le père quitta sa table et essaya de le convaincre de descendre. Le petit garçon répondit :

– Tu m'as dit de rester à un endroit où tu puisses me voir. Et ici où je suis, tu peux me voir. Je ne descendrai qu'au moment de s'en aller.

Cloué par cette logique élémentaire, le père retourna à sa table où il mangea sans appétit le civet de lapin cuisiné avec une sauce au vin, herbes et pommes noisettes. Il demanda un café, paya l'addition et alla chercher son fils.

Le patron du restaurant s'était bien gardé d'intervenir dans la négociation. Trois mois plus tard, le père et le fils quittèrent la ville. Et un samedi matin, le patron du restaurant s'approcha de l'arbre. Il monta sur un petit banc et avec une scie bien affûtée, il coupa la branche au ras du tronc, de façon à empêcher à jamais qu'un surgeon ne pousse à cet endroit.

Il écrivit une lettre au père du petit garçon pour l'informer que personne ne grimperait plus sur cette branche. Que l'arbre avait été marqué pour toujours par le souvenir de l'amputation.

Quand le père revint à la ville, deux ans plus tard, il alla au restaurant retrouver de vieux amis. Le patron n'était pas là. Le père laissa un billet avec salutations et éloges pour la cuisine qui, disait-il, était restée telle qu'il l'avait gardée en mémoire.

Le père revint à la ville plusieurs fois et à chaque fois il alla au restaurant. Lors de ses dernières visites, il cessa de déjeuner aux Géraniums : il laissait un billet pour complimenter le patron, s'asseyait à la terrasse, buvait une bière et s'en allait.

Son fils ne revint à la ville que treize ans plus tard, deux jours avant Noël. Il arriva à l'aéroport à six heures du matin et une demi-heure plus tard il était sur la place de Coyoacán. Il vit le jour se lever, les cafés ouvrir leurs portes, et la menuiserie, et la journée s'emparer de la vie des gens. Quand elle eut trouvé son rythme, le fils traversa la place et se dirigea vers le restaurant, encore fermé. Mais ce que cherchait le fils se trouvait là : l'arbre sur le trottoir, le tronc lugubrement dressé vers le ciel. Et, à une

Histoire d'un père et d'un fils

certaine hauteur, la cicatrice de la branche coupée, la fourche disparue à jamais.

Le fils regarda l'arbre, puis continua à marcher dans le quartier. Il vit la maison où ils avaient habité, il vit le monde d'autrefois.

Quelques jours plus tard, il téléphona à son père pour lui raconter comment il avait passé sa première matinée dans la ville. Le père l'écouta en silence et ce n'est qu'après avoir raccroché qu'il sentit comment, à partir d'un certain âge, il est de plus en plus désagréable de pleurer au téléphone.

Mais où sont les Noëls d'antan ?

Dalton Trevisan

Il se coule entre les deux pans du rideau de velours rouge – contact humide et poisseux, il retire sa main avec dégoût : fils bâtard du roi Midas, tout ce qu'il touche se résout en pourriture. En plein visage, le souffle chaud de la salle ; là un couple douteux et, sur un côté, un vieux cochon et son pardessus.

Il s'assied au dernier rang, les pieds sur des coquilles de cacahuètes, pop-corn et papillotes. Étranger aux ombres de l'écran, il affrontera le passage de Noël.

Éjecté du bar par la célébration tapageuse des pochards. Et surtout par : deux yeux tourmentés dans le miroir mural... Exilé de la négraille vicieuse, dans le cinéma il est protégé. Il distingue la toux du vigile qui, de temps en temps, circulant dans les allées, effarouche les couples de tarés. Dans un coin, la lampe jaune au-dessus de la tenture qui

Mais où sont les Noëls d'antan ?

chaque fois qu'on l'écarte laisse passer une bouffée fétide : à en juger par son incessante agitation, le public a plus envie de se laver les mains que d'assister au film.

Hébété par l'alcool et l'air vicié, il dodeline de la tête sur son siège dur. Une voix melliflue lui demande doucement pardon, se vrille sur son genou – parmi toutes les places libres choisit celle d'à côté. Somnolent, il a du mal à garder ouvertes les paupières. Mastiquant et soufflant sa boule de chewing-gum, le jeunot la fait péter en un baiser obscène.

Pattes de mouche sur la joue, João la chasse avec la main. Une mouche, non, l'œil luisant de la créature collé sur son visage ; une blonde à la voix rauque s'assied sur le lit. Elle tend une jambe galbée, elle veut que le type la déchausse. Il arrache brutalement l'escarpin doré. *Pas comme ça, mon chéri, pas comme ça.* Voix en écho du jeunot qui souffle dans sa gomme :

– J'aime pas les brutes.

Le héros marmonne, la chemise lacérée par cent coups de feu – est-ce par amour d'elle qu'il s'est bagarré avec le méchant ? La blonde étire l'autre jambe : *Dis que je suis ta petite chatte !*

— Moi aussi je suis une petite chatte – une plainte geignarde à côté de lui.

À deux mains, le type la déchausse et lui baise le bout du pied. *Oui, oui, comme ça, mon chéri. Tu sais être gentil.*

L'œil du jeunot glisse sur son visage – bave phosphorescente de limace –, sans perdre de vue le sous-titre :

— Tu veux être gentil, chéri ?

Le grand dur debout, l'héroïne sur le bord du lit : elle trousse sa robe de satin brillant, détache un bas du porte-jarretelles, offre sa belle jambe longiligne – main tremblante, il roule le bas de la cuisse aux orteils. Rageur, le jette sur le tapis. *Doucement, mon petit cœur.*

— Tout doucement, mon chéri – la voix racoleuse est étouffée par la toux du vigile. Piétinant des épluchures, un nouveau spectateur s'installe deux rangs devant, trifouille dans son sachet de cacahuètes, se suce frénétiquement les dents.

J'ai mal, je vais mourir, gémit le grand macho, atteint par la bombe au cobalt, dans le désert des essais nucléaires où il s'est mis à l'abri de la police. *Ma chair est glacée. Une balle de revolver ne la traverse pas – moitié homme, moitié monstre de fer.*

Le maniaque aux cacahuètes siffle, le jeunot

Mais où sont les Noëls d'antan ?

rumine sa boule de chewing-gum, João compatit aux souffrances du héros.

Maintenant la blonde dégrafe la fermeture Éclair de sa robe, le temps d'un sein nu… : *Je suis Rosinha. Je peux faire fondre l'acier. Je sais embraser le corps glacé.*

— Rosinha… je sais embraser…, insiste en écho le jeunot qui soupire.

Lequel fait claquer son chewing-gum, heurte le genou de João et, se faufilant entre les sièges vides, va s'asseoir à côté du suceur de dents. Sur l'écran, l'héroïne furieuse déchire la chemise du type, découvre l'épaule semée de taches de rousseur. Des ongles rapaces s'enfoncent — malgré le métal — dans la chair molle.

João tressaille : un rat dans l'allée ? Prêt à se lever, il s'essuie la main sur le genou.

Devant lui, le jeunot chuchote avec son voisin, qui a cessé de siffler. João ne lève pas le pied et, mordant un cri, suit la course du rat. Viendra-t-il, dans sa promenade affolée, agripper sa chaussure et à l'étourdie escalader sa jambe ?

Dans le silence de la salle, il écoute le lamento de sa poitrine. Le vigile ne tousse plus, le maniaque ne siffle plus, rien que le crépitement des coquilles, maintenant plus proche.

Dalton Trevisan

Violé le sanctuaire, de nouveau pris de panique : une goutte de sueur oscille sur une paupière. Perdu avec les voix sans réponses. Où est ma maison, ma femme où est-elle ? Mais enfin où sont les Noëls d'antan ?

Il lutte avec l'image sur l'écran, répète à voix basse le sous-titre. Des fauteuils vides surgissent ses filles, toutes pâles, mon Dieu, en chemise de nuit éraillée, pieds nus, errant en gémissant dans le désert. Larmoyante, la benjamine demande, sans le voir dans la pénombre : *Où est papa ? Que lui est-il arrivé ?*

Si forte que soit son angoisse, il ne peut pas sortir – pas encore, il lui faut attendre le passage de Noël. Il restera là jusqu'à l'explosion de la dernière bombe.

Tout plutôt que la chambre d'hôtel, il redoute certain tiroir, parmi les chaussettes dépareillées l'éclat du rasoir...

Ici, dans le petit cinéma, il peut se cacher de lui-même. Roi de la Terre, qu'a-t-on fait de celui qu'il était ? Sans bouger la tête, il jette un coup d'œil dans l'allée : les douleurs du monde rassemblées dans le museum humide du rat pouilleux.

Terrorisé, le pied planté dans les coquilles de cacahuètes – le rat qui pince le bas du pantalon ?

Mais où sont les Noëls d'antan ?

Dehors, cloches, klaxons, soûlards qui braillent.
– Encore un de moins, grommelle-t-il. J'ai réchappé à celui-là.

Passée la pire heure, voilà qu'il est un homme. Il est sauvé de ce Noël. Il n'y en aura pas d'autre avant un an.

Sources

La nuit où les hôtels affichaient « complet », de Moacyr Scliar, in *A massagista japonesa*, éd. LPM, 1982, Porto Alegre.

Jingobell, jingobell, de João Ubaldo Ribeiro, publié dans la revue *Status Plus*, décembre 1981.

Noël en barque, de Lygia Fagundes Telles, in *Antes do baile verde*, éd. Nova Fronteira, 1972, Rio de Janeiro.

Sacré Noël ! de Carlos Drummond de Andrade, © Copyright Héritiers de Carlos Drummond de Andrade, in *Caminhos de João Brandão*, éd. Record, 4ᵉ édition, 1987, Rio de Janeiro.

L'autre, de Rubem Fonseca, in *Contos reunidos*, éd. Companhia das Letras, 1994, São Paulo.

White Christmas, de Luis Fernando Veríssimo, publié dans la revue *Domingo/Jornal do Brasil*, Rio de Janeiro, 24 décembre 1995.

Messe de minuit, de Machado de Assis, in *Machado de Assis. Seus 30 melhores contos*, éd. Nova Fronteira, 1987, Rio de Janeiro.

Mais où sont les Noëls d'antan ?

Souvenirs de dona Inácia, d'Antonio Callado, in *Missa do Galo – Variações sobre o mesmo tema*, Summus Editorial, 1977, São Paulo.

Selon Nego de Roseno, d'Antônio Torres, in *Conto baiano contemporáneo*, Empresa Gráfica de Bahia, 1995.

Désarroi, de Carlos Nascimento Silva, texte écrit spécialement pour cette édition.

A, b, c, d..., de Paulo Coelho, publié dans la revue *Domingo/Jornal do Brasil*, Rio de Janeiro, 24 décembre 1995. Publié avec l'accord de Sant Jordi Asociados Agencia Literaria S.L., Barcelone.

Strippers, de Naum Alves de Souza, publié dans la *Revista do SESC*, São Paulo, décembre 1995.

Belle dame, de Nelida Piñon, publié dans la revue *Domingo/Jornal do Brasil*, Rio de Janeiro, 24 décembre 1995.

L'anti-Noël de 1951, de Carlos Sussekind, publié dans le *Caderno de Sábado/Jornal da Tarde*, São Paulo, 24 décembre 1994.

Histoire d'un père et d'un fils, d'Eric Nepomuceno, conte inédit.

Mais où sont les Noëls d'antan, de Dalton Trevisan, in *Desastres do amor*, éd. Record, 1993, Rio de Janeiro, 6ᵉ éd.

Table

Moacyr Scliar
La nuit où les hôtels affichaient « complet » .   9
João Ubaldo Ribeiro
Jingobell, jingobell (Une histoire de Noël) . 13
Lygia Fagundes Telles
Noël en barque 33
Carlos Drummond de Andrade
Sacré Noël ! 43
Rubem Fonseca
L'autre 47
Luis Fernando Veríssimo
White Christmas 55
Machado de Assis
Messe de minuit 61
Antonio Callado
Souvenirs de dona Inácia 75

Mais où sont les Noëls d'antan ?

Antônio Torres
Selon Nego de Roseno 91
Carlos Nascimento Silva
Désarroi 99
Paulo Coelho
A, b, c, d... 121
Naum Alves de Souza
Strippers 125
Nelida Piñon
Belle dame 149
Carlos Sussekind
L'anti-Noël de 1951 155
Eric Nepomuceno
Histoire d'un père et d'un fils 163
Dalton Trevisan
Mais où sont les Noëls d'antan ? 169

Sources 175

*La composition de cet ouvrage
a été réalisée par I.G.S. Charente Photogravure
à l'Isle-d'Espagnac
l'impression et le brochage ont été effectués
sur presse Cameron
dans les ateliers de* **Bussière Camedan Imprimeries**
*à Saint-Amand-Montrond (Cher),
pour le compte des Éditions Albin Michel.*

*Achevé d'imprimer en octobre 1997.
N° d'édition : 16903. N° d'impression : 4/1005.
Dépôt légal : octobre 1997.*